Kurt Aebli

Urs Engeler
Editor

Kurt Aebli
Der ins Herz getroffene Punkt

Einleitung (*Gerücht*)

Überzeugungen jeglicher Art sind für Wellenberg nichts anderes als Unreinheiten des Denkens. Es geht in seinen Augen aber darum, die Gedanken vom Unrat, zu dem sich die intellektuelle Bequemlichkeit nicht selten mit einigem moralischen Dünkel bekennt, zu befreien. Natürlich bleibt auch ihm nicht verborgen, daß Überzeugungen in mancher Hinsicht nützlich sein können, als Mittel gegen die Einsamkeit, als Transportvehikel in gesellschaftlichen Belangen, doch ihm geht es nun einmal nicht in erster Linie um Nützlichkeit. Er ist kein besonders praktisch veranlagter Mensch. Wenn er in der Gesellschaft das Minimum an Ansehen erreicht hat, das zum Überleben notwendig ist, dann einzig dank seiner Unbeugsamkeit, mit der er allem Praktischen und Nützlichen aus dem Weg geht. Für viele grenzt ein solches Gebaren ein wenig an Starrköpfigkeit. Aber auf diese Mittelmäßigen kommt es ihm eben nicht an. Hätte er jener bezüglich seiner Lebenseinstellung vorherrschenden Meinung Beachtung geschenkt, wäre er auf seinem Weg ja schon bei den ersten Schritten gebremst worden.

Überall bilden sich in der Gesellschaft Gruppierungen, Parteien, von denen er sich fernhält, aus denen er sich selbst ausschließt. Er vertritt nichts, nicht einmal sich selbst. Das nackte Nichts.

Vom Glauben an gesellschaftliche Utopien, welche die Stelle der früheren religiösen Dogmen eingenommen zu haben scheinen, hat ihn die Geschichte geheilt, die sogenannte Weltgeschichte ohnehin, und die bescheidene Geschichte seines ganz persönlichen Lebens nicht weniger.

Eigentlich sollte ich mich scheuen vor grundsätzlichen Äußerungen, notiert er einmal, eine Einsicht, die bei ihm zu der vielleicht übertrieben anmutenden Vorsicht führt, sich überhaupt zu äußern. Ob er sich nun äußert oder nicht, was für eine Rolle spielt das im Grundsatz? Von grundsätzlichen Fragen loszukommen, stellt für ihn eine erhebliche Schwierigkeit dar. Trotz aller Bedenken hat er sich anscheinend dafür entschieden, sich zu äußern. Vermutlich fatale Entscheidung, zustande gekommen auf der Grundlage der stets als gegeben angenommenen Möglichkeit, Äußerungen, die gemacht worden sind, wieder zurückzunehmen. Sein Spezialgebiet. Hier maßt er sich ohne Umschweife an, eine Art Experte zu sein.

Jedenfalls scheint er sich darin zu gefallen, ein Gerücht zu bleiben, etwas vom Hörensagen Unbekanntes, schattenhaft, ungreifbar, unwirklich. Eine Unwirklichkeit, wie sich zeigen wird, von beträchtlicher Hartnäckigkeit.

Nichts ist schändlicher als ein unbewußter Skeptizismus oder eine uneingestandene Sophistik, die auf einer metaphysischen Negation, welche zugleich ein agnostischer Glaube ist, eine positive Philosophie aufbauen will.

Antonio Machado

Der Septemberhimmel: ein grauer
Lappen,
eine weggeworfene
Fläche.

Die Stadt:
ein Maßanzug.

Mitten drin: eine um den Verstand gebrachte
Linie.

Der ins Herz getroffene Punkt.

In einem Warenhaus erstand er, für etwaige Einfälle unterwegs, ein kleines schwarzes Notizheft und dazu einen giftgrünen Kugelschreiber, der, gemäß Verpackungstext, garantiert weder tropfte noch schmierte. Später setzte sich Wellenberg in ein Café, um eine ihm eben zugeflogene Formulierung (zugeflogen aus dem Nebel, der dem bloßen Auge verborgen blieb) hier in aller Ruhe zu Papier zu bringen.

Ein dichterisches Werk entsteht nicht durch Arbeit, sondern durch Aufmerksamkeit, was phasenweise aussehen mag wie Arbeit und doch etwas völlig anderes ist.

In den seltenen Augenblicken meist nur noch, da er sich vollkommen gewiß war, daß er das Schreiben nun tatsächlich ganz, definitiv, für immer aufgegeben habe, hatte er zuweilen einen sogenannten Einfall.

An der Leere lecken, grübelte er. Als hätte man

mit der Zeit eine Art Geschmackssinn entwickelt, der in die Lage versetzt, selbst feinste Nuancen zu unterscheiden, so daß man da, wo andere stets nur ein einziges schales Nichts wahrnehmen und davon abgestoßen werden, im Gegenteil einem ganzen Spektrum sich gegenüber sieht. Verirrte Passion eines geborenen Feinschmeckers, abartiges Spezialistentum auf dem vielleicht letzten Gebiet, das noch vollkommen brach liegt.

Am äußersten Rand meiner Trostlosigkeit angekommen, scheine ich nur noch das Verlangen zu kennen, mit allem möglichst umgehend fertig zu werden, mit der Vergänglichkeit sämtlicher Wesen und Gegenstände eine Verschwörung zu bilden, im Kampf gegen die Schwerkraft zu kapitulieren.

~~Von morgens bis abends tat er nichts anderes, als sich zu fragen, was er verloren habe im Leben.~~

Er sprach mit sich selber. Während er vor dem

Spiegel stand. Jedenfalls kam es Wellenberg vor, als ob er halblaute Selbstgespräche führen würde, bis er endlich mit fahrigem Gestus die Rasur vornahm. Strenggenommen nichts als eine Laune. Fast schien es, als ob längst in Vergessenheit geraten wäre, daß es beim durchschnittlich veranlagten menschlichen Wesen auch andere Beweggründe gab.

Es passiert mir, daß ich, im Begriff, das Haus zu verlassen, Mantel und Schuhe bereits angezogen, in der Wohnung sitzenbleibe. Was hält mich hier, habe ich es mir plötzlich anders überlegt? Was könnte mich überhaupt dazu getrieben haben, einen Gang zu unternehmen nach draußen, wo keine Verpflichtung auf mich wartet, kein Termin? Wenn es sich nur um eine Gewohnheit handelt, eine mehr oder weniger automatisch in Angriff genommene Zerstreuung, so ist es, wie ich mir jetzt sage, vielleicht besser, dieselbe aufzuschieben, solange noch Aussicht besteht, die Zeit hier drinnen womöglich sinnvoller zu verbringen, mich zu konzentrieren auf die Lösung eines Problems, auf die Lektüre eines Buches. Selbstverständlich ist nicht auszuschließen, daß ein wenig Ablenkung, die man sich zunächst gönnt, die

Konzentration hinterher erhöhen wird, allerdings habe ich mich sofort im Verdacht, daß ein an sich einleuchtendes Argument von mir herangezogen worden sein könnte, um nicht erleben zu müssen, wie ich beim Versuch, meine Gedanken zusammenzuhalten, scheitere, was dann zur Folge hätte, daß der kleine Spaziergang, den ich einfach nur so vorhatte, mit einemmal ausschließlich als Flucht, um nicht zu sagen, als Ausbruch aus meinen vier Wänden interpretiert werden müßte, als ob ich hier mein eigener Gefangener wäre.

Ein Erzähler, der systematisch gegen sich arbeitet, der seine ursprüngliche, im Grunde zu Unrecht bei ihm vorausgesetzte Intention verleugnet, aus den Augen verliert, dem es nicht aufs Erzählen ankommt, sondern darauf, sich zu verzetteln, tausend Haken zu schlagen, an Ort und Stelle zu treten und dabei sich selber ein Bein nach dem andern zu stellen.

Mit seinem schlanken roten Schwanz der kleine Vogel, der immer in Bewegung ist, mitten auf dem Gehsteig landet, sich gleich von neuem in die Luft schwingt, eine kurze Strecke durchschwirrt, sich auf einen Bretterzaun setzt, um im nächsten Augenblick wieder abzuheben. Kurzer Zwischenhalt auf der Straße, dann im Flattertempo auf eine Gartenmauer und von da hinauf ins Geäst eines Baumes. An keiner Stelle bleibt er länger als zwei, drei Sekunden, stets scheint er bereits zu wissen, welches Ziel er als nächstes anfliegt. Die Art, wie er ständig den Ort wechselt, ist, wie ich zu sehen glaube, die ihm gemäße Form der Ruhe. Das permanente flüchtige Hin und Her, das rasche Schwirren von einem Landeplatz zum nächsten, das ist es, was ihn bei sich selbst bleiben läßt.

Nicht wenn es gelingt, den Kritiker in mir zu ignorieren oder auszuschalten, erst wenn der innere Zensor vollständig aus der Reserve gelockt, die eingefleischte Skepsis scheinbar endgültig zum Verstummen gebracht und stattdessen ein vorübergehender Exzeß der Zustimmung hervorgerufen worden ist, verbindet sich mit dem Schreiben tatsächlich ein Lustgefühl.

Ein Verlierer. Im Gehen, von ihm bevorzugte Bewegungsart, die grundsätzlich dem Vergessen Vorschub leistet, erinnert er sich flüchtig daran, daß diese Zeit kein übleres Schimpfwort zu kennen scheint. Dann wieder verblüfft ihn die Tatsache, daß seine Füße ihn tragen und ihm, egal welche Richtung er einschlägt, immer etwas gezeigt wird, selbst da, wo er tausendmal gegangen ist und an jeder Ecke zu wissen vermeint, was ihn erwarte. Daß Erwartungen häufig enttäuscht werden, weist in seinen Augen auf ein Geheimnis hin. Denn eine Erwartung, die scheinbar erfüllt wird, stellt sich meist als endgültige Enttäuschung heraus, wenn sie zum Zustand der Sättigung, der Langeweile führt, während das, was im ersten Moment enttäuscht, jene Wege öffnet, die einer wie er am liebsten geht.

Eine Alte in Turnschuhen, in der Hand eine Einkaufstasche, bleibt vor einem Zebrastreifen stehen, eine Radfahrerin hält an und hinter der Radfahrerin ein Auto. Die Alte gibt der Radfahrerin ein Zeichen, daß sie weiterfahren solle, die Radfahrerin ihrerseits besteht darauf, der Fußgängerin den Vortritt zu gewähren, gehen Sie, ruft sie, gehen Sie, und wird schließlich ungehalten, nun gehen Sie doch. Aber die Alte weigert sich, setzt ihren Weg auf dieser Straßenseite fort, von der Radfahrerin im Vorbeifahren noch einmal lautstark zurechtgewiesen, und überquert dann zwanzig Meter weiter in einem verkehrsfreien Augenblick die Fahrbahn, wobei sie eine seltsame Gangart an den Tag legt. Beide Füße scheinen, während der übrige Körper geradeaus geht, nach rechts zu streben, als ob der Eigensinn der Frau in ihrem Verhältnis zu den eigenen Füßen sich widerspiegle oder da gar seinen Ursprung habe.

Wenn ich unterwegs irgendwo auf der Straße stehengeblieben bin, um etwas zu notieren (ein Tun, das da oder dort die Blicke der Passanten auf sich zieht), so nehme ich anschließend, den Kugelschreiber in der Hand behaltend, meinen Weg wieder auf, ein Zeichen der Dankbarkeit, der erwiderten Treue, handgreiflicher Beweis für die Unzertrennlichkeit, ja Austauschbarkeit von Mensch und Werkzeug, denn nicht selten habe ich beim Schreiben das Gefühl, daß der Stift es ist, der mich führt, und nicht umgekehrt.

Dünner als der Einschnitt in einer
Schmerztablette.

Ich bestehe nur aus
Schlaglöchern
und werde mich den ganzen
Tag damit vergnügen,
feindseligen Kakteen
und stachligen Mimosengewächsen
aus dem Weg zu gehen.

Monatelang hat man sich daran gewöhnt, warme Kleider zu tragen, die Fenster geschlossen zu halten. Plötzlich gerät alles durcheinander. In der Ungewißheit, was für ein Klima einen draußen erwarte, verläßt man das Haus, einmal zu warm angezogen, das nächste Mal in Gefahr, sich zu erkälten, von einem Sonnenstrahl zunächst getäuscht und bald darauf von einem harschen Luftzug bös überrascht. Von einem Tag zum andern gehören Straßen und Gehwege wieder Rollschuhfahrern und Möchtegernmarathonläufern. Leute, die man dazu beglückwünscht hat, daß sie es sich eine Jahreshälfte hindurch im Inneren ihrer Wohnungen gemütlich gemacht haben, überlassen sich jetzt einem unübersehbaren Hang zum Exhibitionismus. Überall werden Tische und Stühle nach draußen getragen, Gärten mit einer Entschlossenheit wieder in Betrieb genommen, als sei das Innere der Häuser unbewohnbar geworden. Als würde zu einem festlichen Massenauflauf gerüstet, dem man sich nirgendwo entziehen kann, eine Ausgelassenheit, der gegenüber jedes Bedürfnis nach Stille, nach Abgeschiedenheit verdächtig erscheinen muß. Es ist der Zeitpunkt, um Farbe zu bekennen, sich mit aller Entschiedenheit auf die Seite der Lebenden zu schlagen: wer ihn verpaßt, an dem werden die entscheidenden Monate des Jahres vorübergehen. Gegen die Gewißheit, den fraglichen Termin, mein ganzes Leben betreffend, verpaßt zu haben, bleibt mir der Trost, daß ich den Herbst seit jeher als meine Jahreszeit betrachte, daß die Geschäftigkeit, die der Frühling allgemein auslöst, in mir eine Sehnsucht weckt nach der Jahreszeit, in der die Natur sich selbst zurückzunehmen scheint, eine Neigung, von der mich allein der Gedanke heilt, daß ich jetzt, da ich ihn endgültig persönlich erreicht habe, auf den Herbst nicht mehr zu warten brauche.

Was alles angeblich er war, was für teilweise erschreckende Zustände ohne sein Zutun und oft ohne wahrnehmbare äußere Ursache sich einstellten, Zustände, auf die man nur begrenzten oder gar keinen Einfluß hatte, die einen irgendwann um den Verstand brachten oder zu derAnmaßung, eine Art Philosoph werden zu wollen.

Sich selbst erforschen, heißt in Kauf nehmen, daß die umfassende Aufmerksamkeit, welche verborgenen Regungen, irgendwelchen Launen zuteil wird, dieselben in ihrem dämonischen Eigenleben womöglich ermuntert. Der mikroskopische Blick verhilft ihnen zu einem grotesken Format. Beim distanzierten Betrachter der eigenen Person scheint sich das Interesse, einseitig und oft scharf an der Grenze zum Pathologischen, auf die Idee zu fixieren, den Dingen, die sich im Inneren abspielen, möglichst weitgehend ihren Lauf zu lassen, ohne sie dem eigenen Willen zu unterwerfen. Was nichts anderes bedeutet, als tagein tagaus einer Tyrannei vorsätzlich sich auszuliefern, dem Verschwinden der eigenen Souveränität beizuwohnen, ohne es je einmal tatsächlich so weit kommen zu lassen, daß…

Der etwa vierzigjährige Mann trägt Sandalen, Shorts, eine weiße Schirmmütze. In der Linken eine große, prall gefüllte Plastiktüte, in der Rechten ein Stecken von der Länge eines Trommelstocks, mit zugespitztem vorderen Ende. Damit fuchtelt er herum, als wäre er in der Lage, mit seinem Zauberstab irgendwelche Objekte oder Phänomene unversehens auftauchen oder verschwinden zu lassen. Sein Benehmen wirkt eigenartig kindisch, bis irgendwo der Stock in einen Abfallkorb hineingesteckt wird und sich nun in ein bloßes Werkzeug verwandelt, um den Unrat zu durchwühlen. Doch der Gang des Mannes behält etwas leicht Beschwingtes, ja Tänzerisches, obwohl er sich mechanisch und zielstrebig von einem Müllbehälter zum nächsten bewegt und auf seiner Route jeden Foto- oder Fahrkartenautomaten nach liegengebliebenen Geldstücken absucht.

Warum hielt er es nicht für erstrebenswert, auf die eine oder andere Weise einen Status erreichen zu wollen, der Leute in seinem Umkreis zu Sklaven degradierte, zu Befehlsempfängern oder Beifallspendern? War freiwilliger Verzicht auf jede Form von Einfluß oder Machtausübung womöglich Teil einer Strategie, ein reines Ablenkungsmanöver? Ging die Anmaßung bereits so weit, daß man mit weniger als der absoluten Herrschaft über alles und jeden sich niemals zufrieden geben würde? Zog man einzig aus diesem Grund vor, der Niedrigste von allen zu sein? Wenn einer absonderlich genug war, instinktiv und gegen alle Vernunft jede Begrenzung des eigenen Willens als nicht akzeptables Hemmnis einzustufen, so blieb ihm irgendwann kein anderer Ausweg, als aus der Sphäre des allgemeinen Wettbewerbes sich endgültig zurückzuziehen. Im selbstgewählten Scheitern kam eine so geartete Kompromißlosigkeit zu sich selbst. Lassen wir, so sagte man sich hier, andere ihren stets nur partiellen Aufstieg bejubeln, sollen sie sich, warum auch nicht, den Titel eines Sonnenkönigs zulegen, um naturgemäß von ihrem Untergang irgendwann überrascht zu werden. Unsere Überlegenheit sieht anders aus: eine Art Niederlage auf den ersten Blick, ein Zugrundegehen, mit dem wir, seit wir bewußt zu denken vermögen, eins geworden sind.

Der Zustand der Leere, in den er fast automatisch täglich hineingeriet, zu ihm gehörig wie ein Kleidungsstück, das zu tragen er, Wellenberg, sich angewöhnt hatte, eine Uniform, die in Schnitt und Farbgebung nicht bloß von Tag zu Tag, sondern oft von einer Stunde zur andern deutlich zu variieren schien, entsprechend dem Einfluß, den die eigene Verfassung auf die Wahrnehmung ausübte. War man dabei, im Lauf der Jahrzehnte, eine ganze Garderobe durchzuprobieren, ohne auf das wirklich Passende zu stoßen? Daß der einzige perfekt maßgeschneiderte Anzug jederzeit greifbar war, prêt à porter, stand außer Frage. Solange man sich aber nicht entschloß, das gute Stück aus dem unsichtbaren Schrank hervorzuholen, blieb es ungewisse Jahre dort, aufgehängt an einem ebenso unsichtbaren Bügel, auf seine Weise gleichmütig, unberührt von der Gefahr, irgendwann außer Mode zu kommen.

Längst kam es ihm vor, als ob er eher den Beruf eines Laufkäfers ausübe, als den eines Schriftstellers.

Er verbrachte seine Tage
mit Beten.

Er hatte eine eigene Form des Gebetes
erfunden.

Wie man
beim Gehen die Füße
auf dem Boden
aufsetzt.

Er wußte: davon hing
alles ab.

Zum Beispiel das Auto: eine Art Rollstuhl für eine bedauernswerte Kreatur, die sich gegenüber der Fortbewegungsschnelligkeit gewisser Tierarten Jahrtausende hindurch benachteiligt gesehen haben dürfte. Tragischerweise scheint der Umstand, daß der sogenannte moderne Mensch in einer Art Wahn von dem Glauben nicht abzubringen ist, seine Situation aus eigener Kraft verbessern zu können, letztlich Ursache seines Verderbens zu sein. Erfindungen der Zivilisation kehren sich mit der Zeit gegen ihn selbst, staunenswert komplexe Planungen, die ausgeklügeltsten Krücken der Technik, als solche längst nicht mehr wahrgenommen, magische Prothesen, ersonnen, um alle möglichen Behinderungen vergessen zu machen, dem nackten Elend zu entgehen, eine angemaßte Sonderstellung in der sogenannten Schöpfung nicht nur mit allen Mitteln zu verteidigen, vielmehr den vermeintlichen Vorsprung immer weiter auszubauen. Der zum Rädelsführer der Evolution Avancierte strebt in jeder Hinsicht nach Perfektion, ausgenommen beim eigenen Scheitern.

Auf dem unattraktivsten Nebenschauplatz der Geschichte betätigt sich das in sein Künstlertum verstrickte Individuum und bringt es im Idealfall fertig, jener den Rang abzulaufen. Das Opfer, das verlangt wird, besteht im Verzicht darauf, in den Gang der Dinge direkt eingreifen zu wollen.

Nichts stand unmittelbar bevor, kein Geschehnis, in welches er sich unweigerlich verwickelt sah. Etwas in der Art sich auch nur auszumalen, schien vielmehr für Momente Wellenbergs gesamtes Fassungsvermögen zu blockieren. Als kurze Zeit darauf das Telefon läutete, konnte er sich naturgemäß nicht entschließen, den Hörer abzuheben. Einerseits wünschte er, nicht gestört zu werden, andererseits versetzte die Tatsache, daß man keineswegs mit einer dringlichen Angelegenheit befaßt war, vorübergehend in eine Art inneren Argumentationsnotstand.

An Aphasie grenzende Zustände, die es ermöglichen, dem Wiedererwachen der Sprache aus dem Koma beizuwohnen, zu beobachten, wie die Sprache das Gedächtnis wiedererlangt. Sprache ohne Identität, auf der Suche nach ihrer eigenen Geschichte, unterwegs zu sich selbst.

Warum über etwas schreiben, was nicht mit der eigenen Traurigkeit in Zusammenhang gesehen wird?

Kein Augenblick vergeht, ohne daß ich mich gezwungen sehe, zu urteilen und zu handeln, obwohl für beides die Grundlage fehlt.

Als durchschnittlicher Exponent der vernunftbegabten Spezies bildet man sich lebenslänglich ein, Dinge zu sehen und zu hören, die man grundsätzlich für gewiß hält. An der Gewißheit einer Sache zweifeln, hieß einmal schlicht: anfangen zu denken. Die Entschlossenheit dann allerdings, irgendeinen Gegenstand zu Ende denken zu wollen, führt unvermeidlich zum Skeptizismus, zum radikalen Zweifel an allem, zu einem Zustand, in dem das Denken einzig sich selbst denkt, mit anderen Worten, sich selbst unabwendbar außer Kraft setzt. Kann ein Denkender sich mit den endlichen Möglichkeiten seines Denkens abfinden, ohne grundsätzlich zu verzweifeln? Muß er nicht versuchen, ein Denken *gegen* das Denken zu ersinnen, anstatt sich mit einem Instrument zu begnügen, das an der entscheidenden Stelle den Dienst versagt?

Er hatte sich in der Ereignislosigkeit, so gut es ging, eingenistet. Abwesenheit. Ein Leben, für welches Beweise weitgehend fehlten. Wo nach Beweisen gefragt wurde, geschah es in der Regel über Umwege, die einfach zu durchschauen waren. Dem Argwohn der Mehrzahl bot man keine klare Zielscheibe.

Es gab den Zweifel an allem, folglich ein Bewußtsein. Konnte aber von dieser Tatsache abgeleitet werden, daß auch der Zweifelnde existierte? Gab es eine Form des Zweifels, in der ein Ich sich selbst als intakte Instanz wiedererkannte? Im Zweifel verschwand alles im Nebel, an erster Stelle *ich selbst*. Wenn dieser Nebel allmählich zur letzten Gewißheit wird, die Luft, die *ich* atme, die einzige Sprache, die *ich* verstehe, gelange *ich* etwa auf diesem Weg zu dem Subjekt, für das *ich mich* schon vorher gehalten habe?

Im Verlauf des Nachmittags war deutlich zu beobachten, wie die Zeit allmählich sich zu dehnen begann. Wie eine Trägheit ihn befiel, Bitterkeit grundlos hochkam, eine Verdüsterung vorübergehend Macht erlangte. Eine milde Verstimmung zunächst, eine bloße Laune, die harmlos anmutete, die man, weil sie leicht zu ignorieren war, bereitwillig erduldete, bis der Zustand seiner wahren Natur nach sich zu erkennen gab und nun endlos zur Last zu fallen drohte. Vorübergehend gab es die Versuchung, alles auf die Hitze zurückzuführen, die dazu nötigte, im Schatten auszuharren, oder vielleicht auf den Umstand, daß er heute noch mit keinem Menschen gesprochen hatte. Doch wird er sich bald eingestehen, daß der Tag dabei ist, ihm endgültig zu entgleiten. Man kann es nicht mehr verhindern, denn es ist naheliegend, daß man, um es zu verhindern, den Tag anders hätte beginnen müssen. Gleichzeitig war ihm klar, daß er zu früh Bilanz zog. Unter dem Strich einmal mehr so gut wie nichts.

An einem Nachmittag im November.

Vor frisch gepflügtem
Acker im Nebel
lange stehengeblieben.

Beim Anblick der schweren,
feuchten Brocken
mich gefragt, wie häufig
ich schon
Erde geworden sei.

Ein Geschenk, mit dem nicht einfach nichts anzufangen ist, mit dem man sich vielmehr herumplagt, Tag für Tag. Weder kann man es zurückgeben, noch es irgendwie unbemerkt verschwinden lassen. Wenn einer aber das ihm Vermachte seinerseits bereitwillig weiterreicht, muß es nicht geradezu aufgefaßt werden, als ob er an Unschuldigen sich dafür rächen wollte, etwas so überaus Lästiges empfangen zu haben?

Unbeirrt von dem Treiben um ihn herum spielte ein kleingewachsener dunkelhäutiger Mann auf der Straße mit einer Murmel. Während er das seltsame Gebaren offenbar als einziger beobachtete, bekam Wellenberg allmählich den Eindruck, daß das, was wie ein absurdes Spiel aussah, für den Menschen eine geheime Bedeutung hatte und nach feststehenden Regeln ablief. Auf der Zufallsspur der Glaskugel, die der Sonderbare, sooft er sie eingeholt hatte, jedesmal ein Stück weiter warf und die nach jedem Wurf eigensinnig irgendwohin rollte, schien er mitten in dem Gewimmel seiner Wege zu gehen.

Ein greiser Friedhofbesucher, der sich der Länge seines Körpers nach über ein Grab beugte, mit der Linken sich auf den Grabstein stützte, während er denselben mit der Rechten, wie es aussah, liebkoste.

Fast täglich, wenn er sich in seiner häuslichen Umgebung nicht zu konzentrieren wußte, setzte er sich ins Auto, fuhr ein Stück, fand mal einen Aussichtsplatz im Grünen, mal eine verödete Nebenstraße am Stadtrand, um hier im stehenden Wagen (der in einer Phantasie, der er sich zuweilen hingab, zu seiner Tonne mutierte) stundenlang sitzenzubleiben, irgendwelchen Gedanken oder Gedankenlosigkeiten nachhängend, nicht länger von sich selbst abgehalten durch ein diffuses Gefühl des Eingeschloßenseins, wie es in seinen vier Wänden ihn regelmäßig zu ereilen pflegte. Hatte er sich zwischendurch in der Gegend ein wenig Bewegung verschafft, kehrte Wellenberg anschließend wieder zurück, als wäre er in dieser oder jener in abgelegensten Vierteln verborgenen Straße daheim. Straßen, in denen die Durchfahrt eines Autos oder eines Fahrrades ein Ereignis darstellte und wo einer, der hier nicht Haus und Garten besaß oder doch wenigstens Angehörige hatte, sich grundsätzlich niemals hinverirrte, wo der auf dem Beifahrersitz seines geparkten Wagens Sitzende gleichgültige oder milde fragende Blicke seltener Passanten auf sich zog. Er kannte Standorte, die er nicht bloß bevorzugte, die ihn nicht mehr losließen, die ihm nach einer Weile so lieb geworden waren, daß er hier manchmal halbe oder auch ganze Tage verbringen konnte, und die er so häufig aufsuchte, daß er sie ohne weiteres als seine geheime Zweit- oder Drittadresse betrachten durfte.

Paradoxes Hilfsargument zum Beweis der Existenz des sogenannten Schöpfers: stelle Ihn dir vor, als ob mitten in der Arbeit Ihn unvermutet der Schlag getroffen hätte. Das als Krone des Ganzen vorgesehene menschliche Wesen liegt im Grundsatz bereits fertig vor, doch der letzte Schliff, wie sich herausstellt, fehlt. Die ursprüngliche Idee kann von dem Prototypen mit etwas Nachsicht abgelesen werden, sogar so unzweifelhaft, daß mit viel Mühe, aber aus eigener Kraft die trotz aller Mangelhaftigkeit als Mensch bezeichnete Kreatur, entsprechend der Vorgabe, Gottes Werk an sich selbst zu vollenden versucht. Da aber der Unfertige, wie es natürlich scheint, früher oder später an den ihm verliehenen bescheidenen Möglichkeiten verzweifelt und das grundsätzliche Unvermögen sich eingesteht, den göttlichen Plan zu Ende zu führen, geht er mehr oder weniger trotzig dazu über, nach der eigenen haltlosen und sprunghaften Vorstellung sich zu bilden und zu formen...

Jeden Tag stehe ich auf, um mir anzuschauen, wofür Menschen jeden Tag aufstehen.

Beim Schreiben mochte er sich auf kein Thema beziehen, ohne gleichzeitig durchblicken zu lassen, daß er es eher beiläufig berührte, daß irgendein Zufall ihn darauf gebracht hatte, daß er sich grundsätzlich anstatt mit diesem oder jenem genausogut mit irgendwelchen anderen Themen beschäftigen könnte. Nur so glaubte Wellenberg eine Art Ausgleich zu schaffen für die Tatsache, daß das Bewußtsein nicht in der Lage war, sich mehreren oder allen Gegenständen gleichzeitig zuzuwenden.

Wenn nicht zu leugnen ist, daß im Theater alles für den Zuschauer geschieht und dieser insgeheim die zentrale Rolle einnimmt, warum sollte es im Leben anders sein? Geschieht einzig, wenn Gott der Zuschauer ist, alles für und durch Ihn? Ohne erhöhte Perspektive bloßer Zuschauer im Dasein, der nur widerstrebend von den Akteuren zwischendurch sich auf die Bühne zerren läßt, wird mir die Erfahrung zuteil, daß dieser Zustand, von einem Verharren in Passivität weit entfernt, mit der befreienden Erkenntnis einhergeht, daß alles, was sich da scheinbar vor meinen Augen abspielt, in Tat und Wahrheit ich selber bin. Und warum sollte ich irgendwo eingreifen oder etwas beeinflussen wollen, wenn Gegensätze und Widersprüche auf Schein beruhen, nichts mehr mir fremd oder von mir verschieden ist und ich aus innerster Einsicht zu jedem dieser Wesen, und wäre es mein eigener Henker, sagen kann: ganz wie es dir gefällt…

Er versuchte, sein eigener Schatten zu sein.

Geschoße,
immer auf dasselbe
noch nicht ein einziges Mal
zum Leben erwachte Ziel
abgefeuert:

noch nie hat einer
dieser Schüsse
bei mir sein Ziel
verfehlt.

Ein Geräusch, das für ihn einer Folter gleichkam, das augenblicklich eine krankhafte Reaktion auslöste, unter dem er zusammenschrumpfte, sich gepeinigt krümmte, das ihn panisch das Weite suchen ließ. Von einem der Schützenhäuser, in der Umgebung jedes bewohnten Fleckens anzutreffen, ging die Attacke aus. Die bloße akustische Perzeption des Patronenfeuers, das salvenweise durch die Landschaft hallte, bewirkte, daß Wellenberg sich innerlich über den Haufen geschossen fühlte, daß er nicht mehr frei denken und atmen konnte. Iris, die mit seiner Dünnhäutigkeit vielfältige Erfahrungen gemacht hatte, wunderte sich noch immer darüber und verbarg ihre Ungehaltenheit nicht. Mehrere Monate hatten sie nichts mehr voneinander gehört und dann sich für diesen Nachmittag zum Spazierengehen verabredet. Vor fünf Jahren, nach der Trennung, hatte es Wochen gedauert, bis der Schmerz bei ihm angekommen war, gleichsam wie etwas aus Übersee oder aus dem Weltraum an ihn Adressiertes. In seiner Erinnerung verdichtete sich der Eindruck, daß der Prozeß der Ablösung, mithin das, was als Beziehung bezeichnet zu werden pflegte, sich über insgesamt elf Jahre hingezogen hatte, während das eigentliche Zusammensein höchstens auf einige Monate beschränkt gewesen war. Trotz der wahrscheinlich rasch gewonnenen Einsicht, daß sie es mit ihm auf keine Weise aushalten konnte, hatte Iris soviel Zeit gebraucht, sich von ihm definitiv loszureißen. Mehr oder weniger unmittelbar nach dem irgendwann brüsk vollzogenen und von keiner Seite mehr angezweifelten Schnitt hatte für sie eine neue Geschichte angefangen, diejenige mit dem Architekten P., die knapp zwei Jahre währte. Seitdem lebte auch sie ungebunden, und wenn es sich zwischendurch ergab, daß sie sporadisch in der Art eines gemeinsamen Spazierganges oder Konzertbesuches etwas mit ihm unternahm, so einzig unter der klar geäußerten und seinerseits anstandslos bejahten Voraussetzung, daß die ehemaligen Verhältnisse unter keinen Umständen wiederherzustellen waren. (Das höchste Gut, so sagt sich Wellenberg, ist, wie sich nicht zuletzt in der Liebe zeigt, der Verzicht. Wer auf das meiste verzichten kann, trägt schließlich den größten Gewinn davon, der bedauert nicht sich selbst, sondern all jene, die nicht sein können ohne... und ohne...) Man sei damals knapp neunzehn Jahre alt gewesen, begann Wellenberg, in der, wie er wußte, weit hergeholten und grundsätzlich nutzlosen Bemühung, sein Überreagieren zu veranschaulichen. Am Boden markiert, die Stelle, wo, jenem gnadenlosen Befehlsapparat gegenüber, einzeln anzutreten und Position zu beziehen war, in alphabetischer Reihenfolge, nackt bis auf die Unterhose. Er, Wellenberg, hatte sich selbst geschwächt durch nächtelangen maßlosen Tabak- und Alkoholgenuß, nichts mehr gegessen, kaum geschlafen, präsentierte sich als ein bis zur Selbstaufgabe Ermatteter, mit eingesunkenem Brustkorb, schlaffen Schultern und schief hängendem Kopf, eine geknickte, gebeugte Gestalt, die apathisch ein Verhör über sich ergehen ließ. Der Oberst, Hauptmann, Major, für ihn nicht zu unterscheiden, hält, während er ihn mehrfach von oben bis unten mit scharfem Blick prüft, ein psychiatrisches Gutachten in der Hand. Depressionen, Suizidphantasien, Drogen. Einem Arzt hat man ihn zugewiesen, nachdem der Musterungskommission seine Zurechnungsfähigkeit ein Jahr zuvor zweifelhaft erschienen sein muß. Diesem gegenüber, der damit beauftragt ist, solche wie ihn auszuspionieren, hat er seine innere Verfassung scheinbar rückhaltlos offengelegt, in Wirklichkeit maßlos dramatisiert. Bereits zum zweiten Mal befindet er sich der Offiziersbehörde nun gegenüber, und der Moment der über ihn zu fällenden Entscheidung, die ihm zu diesem Zeitpunkt als die schicksalhafteste seines Lebens erscheint, steht unmittelbar bevor. Zwischen dem Attest ihm nicht bekannten Inhaltes und ihm selbst, dem fraglichen Subjekt, wechselt der Blick des Ranghöchsten mehrmals hin und her. Ihnen wäre es womöglich lieber, keinen Militärdienst leisten zu müssen? Antworten Sie. Er antwortet, spielt seine jämmerliche Rolle zu Ende, und die Art und Weise, in der dies geschieht, scheint zu seiner eigenen Überraschung alle Beteiligten halbwegs zu überzeugen. Die Hand, die den Stempel führt, um denselben mit unwiderruflichem Impetus auf ein Dokument zu wuchten, sieht er im Geist heute noch vor sich. Untauglich. In ein einziges Wort gefaßtes, unumstößliches Urteil. Für ihn, Wellenberg, in diesem Moment beinah etwas wie eine Auszeichnung.

In jedem Augenblick seines Daseins ist der Mensch bereit, Himmel und Erde hinzugeben im Austausch gegen irgendeine seiner elenden Bedeutungslosigkeit besser entsprechende Illusion. In der sogenannten Geschichte wiederholt sich in großem Stil die Tragödie des Einzelnen, der im günstigen Fall soweit kommt, seine Handlungen aufs Nötigste zu beschränken, sich indes zum Handeln pausenlos genötigt sieht. Ohne Wirkung bleibt keine meiner Handlungen, doch der Glaube, Dinge gemäß meiner wie auch immer gearteten Absicht beeinflussen zu können, verhindert nicht die nüchterne Feststellung, daß das, was ich zu bewegen angetreten bin, unter der Oberfläche unbemerkt geblieben ist. Unannehmbar wird diese Welt vielleicht erst durch die in ihr verbreitete Zuversicht, daß es in der Sphäre des äußeren Menschen etwas wie Fortschritt geben könnte. Unsere geschichtliche Situation gleicht dem Erwachen aus einer Serie von Alpträumen, von denen wir uns zu befreien hoffen, indem wir keinen Augenblick ungenutzt lassen, den Stoff, aus dem die Alpträume der Zukunft gemacht sein werden, zu produzieren. Ist die Konstruktion des Ganzen irgendwann durchschaubar geworden, entbehrt sogar das scheinbar Unlogische nicht mehr aller Logik. Was vor meinen Augen sich ereignet, hat den Charakter des Ereignishaften eingebüßt. Längst habe ich aufgehört, mir vorzugaukeln, ich selber sei Mittelpunkt oder wenigstens Teil des Geschehens. Blasse Erfindung: die Episode, die mit meiner Geburt angeblich anfing, um einen Augenblick später mit meinem Tod zu enden. Tragischer Witz der Weltgeschichte. Wo werden Jahrtausende gezählt, wo fallen sie ins Gewicht?

Von keinem Atemholen
unterbrochenes
Fauchen
der Autobahn.

Im Wald,
unter triefenden
Ästen,
verschaffe ich
mir Bewegung, ohne
Eile, keinem
Ziel hingegeben, sondern
meinen Füßen, Fetzen
von Gedanken und Stimmen
aus dem Nebel.

Draußen fiel feiner Regen. Das Poltern von Schritten auf den ausgetretenen Stufen der Holztreppe, über mehrere Stockwerke hinauf, hinunter und abermals hinauf, unterbrach die sonst im Haus herrschende Stille. Er stand am Fenster der kleinen Dachwohnung, und, ohne daß er es zu verhindern suchte, schweifte der Blick zu einem Haus in der Nachbarschaft, nur um festzustellen, daß dort drüben derzeit nichts sich regte. Seit Wochen gab es in dem Gebäude eine leerstehende Wohnung, Besichtigungstermine, fast tagtäglich anberaumt und stets zur Mittagszeit, ergaben jedesmal dasselbe Bild: die Interessenten, gewöhnlich Paare mittleren Alters, erscheinen mit konzentrierter Miene auf dem Balkon. Mit eben der Aufmerksamkeit, mit der sie sich dort draußen nun umsehen, sind zuvor, wie man sich leicht ausmalen kann, die makellos renovierten Innenräume von ihnen begutachtet worden. Der Angestellte einer Agentur, der die Damen und Herren begleitet, weist auf Einzelheiten hin: die frisch verputzte und mit einem hellen Anstrich versehene Fassade, die Aussicht auf eine ruhige, gepflegte Umgebung… Wenn die Wohnungssuchenden sich dann ein Bild verschafft haben, ist zu beobachten, wie auf der ganzen Etage die Rolläden wieder heruntergelassen werden. Aus irgendeinem Grund, handelte es sich bei der Wohnung um ein schwer zu veräußerndes Objekt, das von Mal zu Mal sorgsam verschlossen, abgedunkelt und völlig leer zurückblieb, bis zum Eintreffen neuer Bewerber, die für einen Augenblick ein wenig Tageslicht und Belebung dorthin zurückbrachten.

Eine Gesellschaft, die im wesentlichen noch ein einziges Tabu kennt, das Tabu des Opfers, des Verzichts. Es gibt in dieser Gesellschaft nicht das Recht, unglücklich zu sein.

Bei jeder Frage, die ihm der Journalist stellte, holte der emeritierte Literaturprofessor und Erfolgsschriftsteller weit aus, referierte, zitierte Goethe und Keller, untermalte seinen Diskurs mit Reiseerlebnissen, flocht hier ein Bonmot, dort eine persönliche Lebensweisheit ein. Anlaß und Thema der Rundfunksendung, in die Wellenberg zufällig hineinhörte, war, wenige Tage nach dem zum Symbol eines bisher unvorstellbaren Terrors gewordenen Datum, der elfte September 2001 in New York. Ein in fast jeder Hinsicht unüberbrückbarer Abgrund trennte ihn von dem prominenten Kollegen, von einem monumental anmutenden Glauben an die Möglichkeiten des Bescheidwissens, der Einmischung, eine Überzeugung, die, wie er an sich selbst konstatierte, bei kaum einem Auditorium ihre Wirkung verfehlte. Je länger Wellenberg die zufällig eingeschaltete Sendung auf sich einwirken ließ, desto mehr rührte ihn der Humanismus des Mannes, der nur als ein Gelehrter bezeichnet werden konnte. Wenn er sich die Ungebrochenheit und Unverbrauchtheit des bald Siebzigjährigen vor Augen hielt, befiel ihn eine Art Schwindelgefühl.

Dem Nichts Asyl gewähren, gegen das sich die Menschheit verschworen hat.

Sind Gedichte, die sich nicht dazu eignen, am Grab eines Freundes vorgetragen zu werden, nicht überflüssig, kaum wert, Gedichte genannt zu werden?

Was weder Gewinn abwarf, noch Sinn ergab, schien auf seiner Linie zu liegen, falls etwas wie eine Linie bei ihm festgestellt werden konnte.

Was andere als ihre Linie bezeichneten, war bei ihm eher mit der Flugbahn eines verstört herumschwirrenden, vergeblich ins Freie strebenden Insekts zu vergleichen.

Erlösung von der Zeit mit den Mitteln der Zeit selbst: Musik.

Abwegigster Gedanke überhaupt, der Gedanke an Gott. Trotzdem bekommt dieser Gedanke irgendwann etwas Unausweichliches. Allgegenwärtiges Niemand-und-Nirgends, in das alles Bodenlose früher oder später eingeht. Nichts mehr wirkt hier störend, jede Deplaziertheit genau am rechten Ort, der einzelne Verlorene hier und nur hier endgültig bei sich selbst.

Wenn er in der aktivitätsgeladenen Zone der Innenstadt sich unbeteiligt zu bewegen glaubte, so wurde ihm im nächsten Augenblick deutlich, daß beinah jede Einzelheit im Gebaren dieser Umgebung ihn von der Notwendigkeit zu überzeugen versuchte, einem möglichst zahlreichen Publikum, bestehend aus Leuten, die ihn nichts angingen, zu beweisen, daß er jemand sei.

Zeit haben für die Zeit selbst. Zeit, herumzuspazieren und meinen Gedanken nachzuhängen, Zeit, halbe oder, warum nicht, ganze Nachmittage auf einer Bank im Park sitzenzubleiben und den Leuten zuzuschauen oder an meinem Platz im Café alles um mich herum im Dämmer versinken zu lassen. Nur noch Leute, die mich nichts angehen, scheinen mich zu interessieren. Einiges, was ich beobachte, was mir zu Gehör kommt, amüsiert mich, doch das meiste stößt mich ab. Heilig ist mir meine Ruhe. Aber oft denke ich, es gibt keine Ruhe, selbst dann nicht, wenn man im großen ganzen keine Erwartungen mehr zu erfüllen gedenkt. Die Vorstellung, daß alle ständig etwas wollen, erstreben, begehren, und daß die Zielsetzungen so gut wie nie irgendwo übereinstimmen, genügt manchmal, um einem die eigene Gelassenheit verdächtig zu machen.

Jedes einzelne Werk ist im Grunde nichts als eine

Station zwischen einem Ausgangspunkt und einem Ziel, die nicht einmal in der Einbildung existieren.

Ist der Mensch seiner Natur gemäß ein Wesen, das notwendig scheitert? Im Fall des sogenannten Normalvertreters der Gattung dürfte die Wahrscheinlichkeit relativ hoch einzustufen sein, daß nicht der im geheimsten Inneren anvisierte Ort jener Punkt ist, an dem man schließlich anlangt. Wozu also irgendwelche Ziele? Oder hat man sich vielleicht gerade deshalb ein sogenanntes höheres Ziel vorgenommen, hat man deshalb eines Tages gesagt: ich will Schriftsteller werden? Verzweiflungssprung in den Abgrund Freiheit. Obwohl ihn am Anfang die verschiedenen Kunstformen, die er für sich zu entdecken begann, alle unmittelbar faszinierten, war es dann die Literatur, die ihn nicht mehr losließ. Blind für die Tatsache des unvermeidlichen Absturzes, war es ihm im Alter von siebzehn Jahren eingefallen, auf einem Feld ohne Boden eigene Schritte zu unternehmen. Er hatte begonnen, diesem Vorhaben seine Tage zu widmen. Alles andere geriet in den Hintergrund, er lebte ab jetzt nur noch in der Vorstellung, sich zurückzuziehen, um zu schreiben.

Eine Bank auf einem kleinen Hügel, ein Aussichtspunkt in einem Park. Teile der Stadt ließen sich von hier überblicken. Eine seltsame Stimmung hatte ihn erfaßt, etwas schien sich schweigend in ihm anzukündigen, eine Erwartung, die sich auf nichts Erwartbares bezog, eine Gedankenleere, durchtränkt mit allem, was ihn in dem Augenblick umgab, ohne daß Einzelheiten ins Gewicht fielen oder herausstachen, vielmehr schien das Ganze irgendwie zu schweben, als wäre alles Vorhandene gleichzeitig ein Hinweis auf etwas Abwesendes, und nur dieses Abwesende der Grund, warum überhaupt Dinge wahrnehmbar vorlagen, Häuser, Bäume, Geräusche, Stimmen, die auf einmal nicht mehr unbedingt Häuser, Bäume, Geräusche hießen, weil eine Stimme jetzt etwas sein konnte in der Art eines Hauses, in dem vielleicht niemand wohnte. Ein leerstehendes Gebäude jedenfalls er selbst, erfüllt nur vom Widerhall eines Schweigens. Hier notierte er zum ersten Mal Worte, die ihm unverhofft einfielen, schrieb er sein erstes Gedicht hinten in dem Buch mit Kafkas Erzählungen auf eine leere Seite. Ein Ereignis, das nur ihn betraf. Er hatte nicht die Absicht gehabt, zu tun, was er da tat, und das, was in dem Augenblick mit ihm vorging, hatte für niemanden eine Konsequenz, außer für ihn selbst. Daß er jetzt mit dem Schreiben angefangen habe, sagte er sich, und in der Aussage lag eine Klarheit, die jede andere Gewißheit außer Kraft setzte, es war das Wissen, daß dies ein Anfang war, ein Bruch, ein Weg, den er allein ging, auf dem er alles hinter sich ließ.

Im Wald, der er selber ist,
einer, der sich unhörbar zu machen versucht,
für die Stimmen um ihn herum.

Blitzartig, heftig:
Flügelschwirren,
gefiederter Haufen,
aus dem Feldgrau
hochstiebend ins Grau
eines Nachmittags.

Einer, der sein Spiegelbild sucht auf der
Schnittfläche
eines Baumstumpfes.

Was für einen Lärm dieses Denken macht, überlegte Wellenberg. Das Schweigen kommt darin einzig vor im Reden über das Schweigen, also im Lärmmachen, im unnötigen Radau.

Um die ein- und ausgehenden Gäste nicht zu behindern, hatte die Wartende, eine junge Japanerin, etwas seitlich, hinter der automatisch sich öffnenden und schließenden Glasschiebetür, sich aufgestellt, mit unentwegt nach draußen gerichtetem Blick, wo sie auf der belebten Straße im feierabendlichen Passantenstrom offenbar nach jemandem Ausschau hielt. Eine Viertelstunde verging. Immer noch harrte sie aus an ihrem Standort, ohne sich nur einmal umzudrehen, starr wie eine Puppe, so daß sie, vom Inneren des Lokales aus beobachtet, mit der ihre Gestalt überragenden Topfpflanze und einer Reklametafel für Eiskrem allmählich ein unauffälliges Ensemble zu bilden schien.

Jedesmal, wenn er auf einem Friedhof seine Runden absolvierte, faszinierte es ihn von neuem zu sehen, wie die meisten Leute erst nach ihrem Ableben eine Art Öffentlichkeit erfuhren. Wenigstens ihre Namen wurden hier einem interessierten Publikum zur Ansicht gebracht, einem sehr bescheidenen, aber außerordentlich treuen Publikum in der Person Wellenbergs.

Wie seltsam, daß das Beiwort politisch die Literatur für gewisse Leute aufzuwerten, ja ihr überhaupt erst Sinn zu verleihen scheint...

Wenn ein Augenblick der Leere sich vor ihm ausdehnt, wenn seine von allem losgelöste Person auf eine am Horizont sich abzeichnende Bedeutungslosigkeit zusteuert, so fühlt er sich in seinem Element.

Seine zurückgezogene Lebensweise war mit jener des isoliert arbeitenden Literaten vergleichbar. Von Arbeit allerdings bei ihm keine Rede.

Tausendmal Gesagtes wieder und wieder gesagt.

Was einzig zählt: der gegenwärtige Augenblick, die Frage, ob ich in der Lage bin, zu warten, bis ich zu sehen beginne, bis in dem von mir Gesehenen ein verborgener Gedanke sich zu zeigen scheint, eine Art unverhoffter Terraingewinn, der nicht zum Bleiben einlädt, vielmehr dazu, ins Ungewisse weiter vorzudringen.

Nach einer unruhigen Nacht ist die ganze Wahrnehmung anders grundiert. Kaum wiederzuerkennen die Umgebung, nichts Vertrautes mehr. Harte unversöhnliche Stimmen reißen Löcher auf in seinem Empfinden. Die Dinge unter dem Vorzeichen eines grundlosen Schmerzes. Die von ihm beurlaubte Sprache tobt sich im Verborgenen aus.

Die Dinge auf den Punkt bringen, den Turm bauen, den Stein den Berg empor wälzen. Darauf gefaßt sein, daß aus einem Verhinderten eine Art Durchgang wird. In einem Text verschwinden. Liegt der Text vor, ist sein Verfasser bis zur Unkenntlichkeit damit identisch. Das von nun an ausschließlich Sichtbare, das allein Existierende ist der Text. Der Text, an dem pausenlos weitergeschrieben wird, der sich laufend verändert, der aber letztlich derselbe bleibt. Jahrtausende hindurch stets neue Versuche, den Text zu entschlüsseln. Also Texte ohne Zahl. Im Grunde aber ein einziger unentwirrbarer Text.

Auf einem seiner ausgedehnten Spaziergänge, mit denen er sich die Zeit zu vertreiben pflegt, denkt Wellenberg über eine Welt nach, in der eine Brücke einzig gebaut würde, um den Nachweis zu erbringen, daß der Bau einer Brücke ein Ding der Unmöglichkeit darstellt. Eine Welt, in der alles, Autos, Computer, Hochhäuser, Atomkraftwerke ausschließlich dazu da wäre, um zu zeigen, daß diese Dinge zwar entworfen und konstruiert werden können, daß ihr Funktionieren jedoch letztlich auf einer Täuschung beruht. Tatsächlich hat man ja, sitzt man in einem Auto, das beinah überdeutliche Gefühl, nicht nur voranzukommen, sondern irgendeinem Ziel geradezu rasant entgegenzusteuern, ein Eindruck, der dann allerdings einer philosophischen Durchleuchtung nicht einen Moment standzuhalten vermag. In jener Welt – es wäre die einzig vorstellbare vollkommene Welt – in jener Welt also gäbe es zwar alles, Autos, Computer, Hängebrücken, Weltraumsatelliten, indes das Verhältnis, das wir diesen Dingen gegenüber einnähmen, und der Gebrauch, den wir von ihnen machten, wären von Grund auf anders. Wir würden über diese Dinge verfügen und wären gleichzeitig von ihnen erlöst. Das einzige Ziel eines Schriftstellers – der Schluß drängt sich auf – Ziel eines Schriftstellers in der Welt, wie sie uns vorliegt, muß demnach sein, den ersten Schritt zu tun auf dem unerdenklich weiten Weg hinüber in jene andere Welt. Eine leichte Übelkeit zwingt Wellenberg, sich auf einer Bank an einem Waldrand kurz auszuruhen. Hat die Euphorie, ausgelöst durch den ephemeren theoretischen Exkurs, ihn überanstrengt? Während er sich allmählich wieder erholt, erblickt er unvermutet in der Nähe ein kleines Zelt und daneben eine Feuerstelle, von der schwacher Rauch aufsteigt. Einen Moment später, wie er seinen Weg fortsetzen will, fällt ihm auf, daß das Zelt vorn offensteht und darin einer liegt, ein Bartträger, der hier draußen in der Kälte zu hausen scheint. Mein eigenes stets wieder auf Eis gelegtes Konzept, träumt Wellenberg, sähe vor, insbesondere falls einmal alle Stricke reißen würden, doch auch ganz grundsätzlich und bis ans Ende aller Tage, in einem Wohnmobil Domizil zu beziehen, wo, trotz größtmöglicher Unabhängigkeit, auf ein wünschenswertes Mindestmaß an Komfort nicht verzichtet zu werden braucht.

Im Februar wird
von den Vögeln
im Wald der Frühling
geprobt.

Ich probe
eine ungewisse
Rückkehr.

Ein stummes
Stoßgebet, was
sonst, wird mein
Jubilieren sein.

Ort, wo mir entfliehen dasselbe bedeutet, wie mich finden...

Der über alle Kontinente verbreitete unmöglich gewordene Mensch.

Auf einem abgeernteten Maisfeld eine einzelne dürre Pflanze stehengeblieben, vom Wind zerfetzte Blätter, umgeben von nichts als Stoppeln, der lange Stengel in deutlicher Schieflage unter bleiernem Himmel. Den eigenen Standort betreffend, hatte er immer häufiger das Gefühl, als ein vorbildlich Gescheiterter sich mit imaginären Problemen herumzuplagen, zu dem einzigen Zweck, wie es schien, um für seine Unbrauchbarkeit den Tatbeweis zu erbringen, die Umwelt in ihrem Glauben an die Zuverlässigkeit seines unnützen Daseins zu bestärken, jedem Verdacht entgegenzutreten, daß in dieser Hinsicht auch nur die geringste Schwankung zu erwarten sei.

Im Bereich der Wissenschaft folgen deskriptive

Verfahrensweisen einer als gegeben vorausgesetzten Realität, in der Kunst dagegen sind sie ein Mittel, um Realität hervorzubringen.

Was ist, überlegte er, von einer Religion zu halten, in der die göttlichste aller Gaben, jene, über mich selbst zu lachen, keine zentrale Rolle spielt? Über die griechischen Götter, die sich wie Menschen aufführen, lacht jeder. Neigt der Monotheismus dazu, seinen Anhängern das Lachen abzugewöhnen?

Beim Gehen, sagte sich Wellenberg, soll nicht das Schreiben im Vordergrund stehen, sondern das Gehen. Sätze, die mir unterwegs etwa in den Sinn kommen, werden einfach sein wie Schritte. Ich werde dabei nicht das Gefühl haben, an einem Text zu arbeiten. Mit anderen Worten: ich werde nicht dem Wahn verfallen, etwas vermeintlich mir Entlaufenes oder irgendwie Verlorengegangenes wieder einholen zu wollen, vielmehr werden unerwartete Dinge mir bloß zulaufen, zuflattern. Dinge oder Wesen, die mir nicht gehören, die ich einzig in Obhut nehme, bis sich der rechtmäßige

Besitzer bei mir meldet, Einfälle, die ich nebenher produziere, die einem beim Gehen so kommen, irgendwie passieren, für die der Gehende eine Art Passage abgibt. Gut möglich, daß am Ausgang der Passage gar niemand steht, bloß, was kümmert das die Passage, die ja ihrerseits niemand ist. So wie das Gehen von einem Ort zum andern in Wirklichkeit keinen Ausgangspunkt und kein Ziel hat, so ist dieses Schreiben letztlich ein Gespräch zwischen niemand und niemand.

Obwohl bei genauerem Hinsehen alles dafür sprach, unter eine nutzlose Plackerei besser heute als morgen einen Strich zu ziehen, gab es immerhin einen Grund für das Zögern: die Versuchung, am Ende noch dem eigenen Verstummen Bedeutung beizumessen, darin nicht bloß eine Art letztes oder endgültiges Werk zu sehen, vielmehr etwas über das bloße Erschaffen von Werken himmelweit Hinausragendes.

Eines Vormittags, als er das Radio einschaltete, lief da zufällig eine Sendung mit Georges-Arthur Goldschmidt, der über eine von ihm eigenhändig ins Deutsche übertragene Autobiographie palaverte, wunderliche Geschwätzigkeit, etwas unerwartet Affektiertes, kaum erträglich, bis ganz am Schluß der Befragte spontan gegen die Bezeichnung Schriftsteller sich verwahrte. Ich bin kein Schriftsteller, ich bin ein Pfuscher. Im Handumdrehen stellte dieses *Credo* die fast schon leichtsinnig verspielte Glaubwürdigkeit wieder her.

Die asphaltierte Welt ist verschwunden.

Der schwere feuchte Schnee rieselt
in winzigen körnchenartigen Flocken,
nebelt alles ein.

Die Post kommt pünktlich per Hundeschlitten.

Rentner geben die Schaufel nicht mehr
aus der Hand.

Das weder in Worten noch zwischen den Worten Nachweisbare, von dem ununterbrochen die Rede ist. Die Welt: ein Geräusch, von dem ich nicht zu sagen vermag, ob es in mir drin erzeugt wird oder außerhalb, ob es nur kraft meiner Einbildung existiert oder durch sich selbst.

Widmen wir uns diesem Augustnachmittag, rief sich Wellenberg zu. Alles ist gesagt. Als unverhoffte Zugabe war da dieser Moment seines Lebens mit lauter seltsamen Luftbildern, die darum zu ringen schienen, ihrerseits irgendwo Erwähnung zu finden. Lassen wir sie ein wenig zappeln, diese Phantome, in ihrer Hoffnung, nicht nur Form anzunehmen, sondern Format zu bekommen.

In der Literatur, ähnlich wie auf der Bühne: zeitgenössische Inszenierungen historischer Vorlagen, nicht genießbar ohne den naiven Glauben an Kostüm, Kulisse, Requisit.

Drei Uhr nachmittags. Melancholie, Überdruß, Depression, Cafard. Müdigkeit, Niedergeschlagenheit, Ermattung, Antriebslosigkeit, Bedrükkung, Trübsal, Erschöpfung, Schwermut, Langeweile, Apathie. Was in der Welt geschehen kann, ist bereits geschehen. Tatsache, dachte er, die nicht bloß von Tag zu Tag deutlicher wird, vielmehr gerade in diesem Sekundenbruchteil durch einen Knall erhärtet zu werden scheint, durch das Zuschmettern einer Wohnungstür, untrügliches Zeichen dafür, daß der im Stockwerk unter mir einquartierte Student der Wirtschaftsinformatik soeben von Vorlesungen heimgekehrt ist. Seinerseits vor die Entscheidung gestellt, etwas zu unternehmen (ein wenig durch die Stadt zu bummeln, irgendein Kaffeehaus aufzusuchen), verschob Wellenberg wie gewöhnlich alles auf später, als ob eine dringende Angelegenheit ihn zurückhielte. Keine Eile. Die Gemächlichkeit zum Äußersten treiben. Bis zu einem Punkt, an dem die mit dem leisesten Vorhaben naturgemäß verbundene Zumutung derart klar zutage trat, daß eine kaum nachweisbare Verstandesoperation ausreichte, um die absolute Notwendigkeit lebenslänglicher Passivität daraus abzuleiten.

Leute beschwerten sich. Beim geringsten Anlaß. Leute, denen das Nichtstun nicht in den Schoß fiel, die zwischendurch bloß taten, als ob sie nichts tun würden. Sie betrachteten sich als Opfer von Streß. Konkurrenz, sogenannter Verdrängungswettbewerb. Abschaffung der Geduld, Untreue als Prinzip. Nichts dem Zufall überlassen. Nicht warten können. Ein Leben, das ständig von einem Bein auf das andere trat. Bescheidenheit? Schlechter Witz. Darf ich vorstellen: mein derzeitiger Standard. Bitte verwechseln Sie mich nicht mit einem Schilfrohr.

In der Befreiung, die von ihm ausgeht, liegt die Wahrheit des Gedankens, daß alles Gute von einer unerreichbaren höchsten Macht herkommt, während jedes einzelne Übel allein hier unten produziert wird, wo ich schließlich angelangt bin, wenn ich nichts Höheres mehr zu sehen vermag als mich selbst.

Daß er sich seine Feinde selbst schafft, unterscheidet den Menschen vom Tier.

Wolkenloser Augusthimmel. Drückende Mittagshitze. Mitten im Wald ein Geräusch wie von einem leichten Regen. Einige Momente lang war die Täuschung so perfekt, daß er sich fast zu der Annahme genötigt sah, auf irgendein physikalisch schwer zu erklärendes Phänomen gestoßen zu sein. Dann plötzlich die Erkenntnis, daß es die dürren Nadeln waren, die von kaputten Fichten zu Tausenden herunterrieselten und dabei das Geräusch eines milden Sommerregens erzeugten.

In der Kunst, wie in der Natur, etwa bei einem eigenartig gemusterten Schmetterling, dient das, was wir als Schönheit erkennen, der Tarnung.

Wenn sein Scheitern ihn vollends überzeugt, gelingen Wellenberg manchmal unversehens Dinge, die er sich sonst im Traum nicht zutrauen würde. Nicht ans Ziel gekommenes Scheitern. Seine Formel für Inspiration.

Die Distanz, welche die Sonne von der Erde

trennt, die Zahl der menschlichen Gene. Die Zahl deiner Schritte auf diesem Planeten, die Zahl deiner Atemzüge, die Zahl deiner überflüssigen Worte und Gesten…

Immer schon waren seine Texte reine Zufallsprodukte. Wellenberg verfolgte keine Idee. Er konzipierte nichts. Nichts als ein Bemühen um höchste Konzentration, inneres Atemanhalten, wie von einem fremden Willen diktiert.

Da, schau, ein Hase…

Doch nur die im Schnee
hinterlassene, jetzt
hartgefrorene Spur
ist es, was du wirklich
siehst.

Rettung gibt es nur für denjenigen, der angesichts der Unbeantwortbarkeit der Frage, was er mit sich selbst anfangen soll, nicht bei dieser oder jener sinnvollen Beschäftigung Zuflucht nimmt.

Sonntagmittag. Auf der Estrade eines Innenstadtlokals. Einsam, distinguiert, Herr X. Im Eiskübel die Champagnerflasche. Auf dem Teller raffiniert angerichtete Häppchen. Am Himmel die Spätsommersonne. Hinter silbergrauem Vollbart oberflächlich getarnt die versteinerte Miene universaler Verachtung.

Als Wellenberg das Kino verließ, überraschte ihn die Helligkeit. Nach dem Besuch der Nachmittagsvorstellung hatte das Tageslicht auf einmal eine Wucht, die seltsamerweise niemanden zu bedrohen schien. Sonnigklares, kühles, an einen Herbsttag erinnerndes Wetter. Auf der Straße ein alter Mann, der eine schwarzweiß gefleckte Katze wie einen Säugling in den Armen trug und immer wieder auf den Hinterkopf küßte.

Mich zurückmelden von der eigenen Einäscherung. Schreiben.

Nicht einmal das Atemholen besorgte er selbst.

Gemäß dem zum Normalzustand gewordenen Wahn unserer Epoche ereignen sich die entscheidenden Dinge nur im äußerst unwahrscheinlichen Ausnahmefall da, wo ich bin. Ich scheine keine Wahl zu haben: der Ort, an dem ich mich tatsächlich aufhalte, verschwindet mehr und mehr aus dem Blickfeld, meinem Blick in die Ferne dagegen ist keine Grenze gesetzt.

Nicht warten zu können, bis ein Gedanke fertig ist, einen halbfertigen Gedanken aus eigener Anstrengung und mit an Verbissenheit grenzender Beharrlichkeit vollenden zu wollen, damit verdirbt der Schreibende alles. Er installiert sich auf verlorenem Posten, mißachtet die Tatsache, daß es bei seinen nebulösen Recherchen einzig um die Evidenz einer mehr oder weniger zufälligen

Entdeckung gehen kann, und nicht darum, etwas zu beweisen.

Nach aufreibendem Kampf gegen heftige innere Widerstände, gegen den Zweifel an allem, gegen die Desillusionierung, gegen die grundsätzliche Nutzlosigkeit jeglichen Kräfteaufwandes, gewährte ihm etwas auf dem Papier Zustandegekommenes endlich den Triumph, das an sich Überflüssige annähernd makellos zum Ausdruck gebracht zu haben. Regelmäßig gab es dann allerdings die Ernüchterung, neuerdings der Illusion Vorschub geleistet zu haben, daß irgendwo eine Spur sich andeuten könnte, die sich nicht wie alle übrigen Spuren auf natürliche Weise in Nichts auflösen würde. Eine Art verzweifeltes Jemand-gewesen-sein-Wollen. Kein Rezept gegen die unabwendbare Gewißheit der Tatsache, daß man in jeder vorstellbaren Gegenwart niemand ist.

Als er der Frau auf einem Spaziergang zum ersten Mal begegnete, war sie in Begleitung eines älteren Mannes. Beide hatten etwas Verwahrlostes. Beinah wäre Wellenberg mit ihr zusammengestoßen.

Daß sie blind war, daß ihr scheinbar stures Geradeausgehen keinen anderen Grund hatte, dämmerte ihm, als er ihr später wieder begegnete. Meist ging sie allein, nie ohne ihren schwarzen Labrador. Einmal fürchtete er, als er sie von weitem sah, sie sei vom Weg abgekommen, doch suchte sie nur im hohen Gras mit den Füßen nach einem Tennisball, den sie dann im Spiel mit dem Hund in seine Richtung schleuderte. Als er ihr guten Tag sagte, sah er ihre Verblüffung, sie hatte ihn nicht kommen gehört und erkundigte sich, ob er versehentlich getroffen worden sei.

Noch bis vor wenigen Jahren hatten alte Leute seinem Empfinden nach einer fremden Gattung angehört. Inzwischen seinerseits im angeblich besten Alter, sah Wellenberg, wie wenig ihn in Wirklichkeit von ihnen trennte. Ihre Macken, aus denen sie fast ausschließlich zu bestehen schienen, waren ihm nun so vertraut, als ob sie längst auch die seinen wären.

Mit allem, was ich bin, stelle ich mich beim Fernsehen der Technik zur Verfügung. Die Technik macht etwas mit mir, ich weiß nicht genau was. Anscheinend will ich es gar nicht wissen, sonst hätte der Vorgang keinen Sinn. Am Schluß, wenn ich auf den Knopf drücke, um das Gerät auszuschalten, suche ich vergeblich nach dem Knopf, um mich wieder einzuschalten.

Ein kleiner Lastwagen, weißer, im Lauf der Jahre schmutziggelb gewordener Laderaum mit der Aufschrift *Abbruch*. Darunter eine Telefonnummer. Immer, wenn ich vorbeikomme, steht der Transporter auf dem ungeteerten Parkplatz, auf dem kaum einmal andere Wagen abgestellt werden, und je öfter ich ihn hier stehen sehe, desto mehr neige ich dazu, mir etwas Geheimnisvolles auszumalen, mich zu fragen, ob nicht lauter derartige Geheimnisse, die strenggenommen nicht wirklich Geheimnisse sind, unser Bild von der Gegenwart insgeheim prägen. Dinge, die wir gar nicht zu sehen glauben, bis sie unser achtloses Vorbeigehen eines Tages von sich aus in Frage zu stellen scheinen. Bis wir uns endlich entschließen, die Telefonnummer zu wählen, um, mit versteckter Absicht, einen *Abbruch* in Auftrag zu geben.

Jegliche Überzeugung, der Welt etwas zu sagen zu haben: auf dem Weg des Dichters ein Hindernis.

Die Schriftstellerei zu betreiben wie einen Beruf, dem man nachgeht, davon fühlte er sich zuinnerst immer weiter entfernt. Übriggeblieben war der eingebildete, aber deshalb nicht minder tödliche Zwang, etwas an den Tag zu legen, was wie eine ernstzunehmende Neigung aussah. Die Zeit, die sich nicht mit ihm bewegte, versetzte um ihn herum alles in Aufruhr. Er selbst kam aus dem Zustand der Lähmung kaum noch heraus. Daß er sich endgültig verrannt hatte, wie es den Anschein machte, in einer Sackgasse angelangt war, damit fand er sich mit einer Bereitwilligkeit ab, die alarmierend genannt werden konnte. Fluchtversuche der halbherzigen Art, die kaum zu eigentlichen Fluchtbewegungen führten, gehörten letztlich zu der Entschlossenheit, sich an die ausweglose Situation nicht bloß zu gewöhnen, vielmehr darin die einzig mögliche Geborgenheit zu finden. Mit der Zeit fühlte er sich in der Ausweglosigkeit tatsächlich fast zuhause, eine Bequemlichkeit, wie auf ihn zugeschnitten. Der Engpaß, in den er sich verirrt, die aussichtslose Position, in die er sich hineinmanövriert hatte, der gefährliche

Zustand, von dem äußerlich nichts als harmlose Anzeichen zu registrieren waren, hier und einzig hier schien ihm überhaupt denkbar, sich fest zu installieren. Manchmal, wenn er es überlegte, glaubte er, so weit er zurückdachte, immer schon hier sich aufgehalten zu haben.

Im Fernsehen sah er Bilder von Szenen, die sich dieser Tage auf Moskaus Straßen abgespielt hatten. Von aufgehetzten Bürgern wurden die Bücher von Wladimir Sorokin öffentlich zerfetzt und zertrampelt und anschließend in einer kulissenartig aufgebauten überdimensionierten Kloschüssel symbolisch entsorgt.

Er verließ das Haus nicht mehr. Um nicht zu ermüden, gönnte Wellenberg sich dann und wann einen Blick aus dem Fenster.

Kein einziger Fleck unbesiedelten Landes mehr übrig. Das Monstrum einer einzigen Stadt dehnt sich über die gesamte Erdoberfläche aus. Terra

City. Die Namen unzähliger Städte gleichzeitig tragender, indes letztlich namenloser Alptraum, in den man hineingeboren wird wie in ein Gefängnis, das lebenslänglich nicht mehr verlassen werden kann. Sämtliche großen und kleinen Projekte der Menschheit aufgehoben ganz am Ende in diesem äußersten Unternehmen. Gewollt oder ungewollt hilft alles zweckgerichtete Arbeiten, Produzieren und Sichbehaupten jedes Einzelnen mit, die alles verschlingende Metropole fertig zu bauen. Ein Ausweg kaum noch vorstellbar, Rettung nur noch im Traum, indem man die Hände in den Schoß legt, sich im Nichtstun verausgabt, der großen Leere möglichst viel Aufmerksamkeit und Energie zufließen läßt.

Im tiefsten, über eine enge steile Treppe zu erreichenden Keller befindet sich eine Gerümpelkammer, eine Art Flohmarkt. In dem Moment, als ich, in einem Traum der vergangenen Nacht, hier eintrete, feilschen Unbekannte gerade um den großen runden Tisch, um den vor Jahrzehnten die Mitglieder der Familie, in der ich aufwuchs, sich zu versammeln pflegten.

In beliebigen Vorstadtgegenden umherzustreifen, betrachtete er als eine Art Sport, bei welchem er eine in mancher Hinsicht seltene Ausdauer entwickelte.

Wenn sie einmal selber keinen Lärm erzeugen, streben sie danach, sich vom Lärm, den andere machen, betäuben zu lassen. Angst, in der Stille eine Stimme zu hören, die alle bekannten Stimmen außer Kraft setzt?

Hier wird die Stadt dichter.
Hier ballt sich etwas zusammen,
eine Einigkeit, in die er eindringt,
wie die Strahlen des Februarlichts
in den Pelz der Dame, die sich
die Lippen nachfärbt
auf der Terrasse des Cafés.

Der Tag öffnete sich wie eine Nußschale, die jemand geknackt hatte. Er beschäftigte sich mit den Schalenteilen. Seine Neugier schien vernunftlos zu sein. Wellenberg befühlte Bruchränder, roch daran. Wenn es irgendwo in der Welt einen unbeschreiblichen Duft gab, so hatte er ihn hier gefunden.

Mit der Welt, in der man etwas leistet, um auf das Geleistete stolz sein zu können, habe ich nie das geringste zu tun gehabt. Daß ich in dieser Welt lebe und mich wie jeder darin behaupten muß, beweist nichts.

Einmal angenommen, mit den Mitteln einer vernünftigen Politik wäre es tatsächlich möglich, Gleichheit, Gerechtigkeit für jeden Einzelnen in der Gesellschaft zu erreichen, so würden sich wahrscheinlich die wenigsten zufriedengeben damit. Denn einem wie auch immer gearteten sozialen Schäferbild scheint eine zutiefst menschliche Veranlagung entgegenzustehen, die ein Individuum vornehmlich danach trachten läßt, zu erlangen, was ganz allein ihm zukommt, was es dann möglichst vielen voraus hat, etwas höchst Unsicheres,

Zerbrechliches, vom Zufall oder der Gunst der Stunde Abhängiges, von dem vorübergehend das Gefühl oder wenigstens die Illusion ausgeht, mit dem höchsten aller Geheimnisse im Bund zu stehen, von einer unsichtbaren Macht im Innersten angesprochen worden zu sein.

Freunde, die es ihm nicht zugestanden, sie zu vernachlässigen, betrachtete er nicht wirklich als Freunde.

Im Wald, spazierend entlang einem Bach, schoß ihm durch den Sinn, daß das Wasser der Erde in soundsoviel Jahrmillionen wieder rein sein wird.

Ist Gott ein Schöpfer, der für das von ihm geschaffene Werk Bewunderung verdient, und die uns bekannte Welt nichts als ein Produkt der Eitelkeit dieses höchsten Wesens? Meiner Vermutung nach ist dieser Geheimnisvolle eher der Schöpfer seiner selbst in unseren Gedanken. Sonst hält er es nirgendwo für angebracht zu existieren.

Die moderne Dichtung produziert Wunder in Serie.

Eine Art fahrbarer Uterus, der dicht abgeschlossene Innenraum des Automobilgehäuses, und hier drin nimmt die Attitüde aggressiver kleiner Usurpatoren auf der Stelle etwas Unerbittliches an, so daß ohne weiteres denkbar scheint, daß der gnadenlose Konkurrenzkampf in der Tat einmal bereits in der Gebärmutter einsetzen könnte.

Der Mensch hat die Natur als Geisel genommen und droht, sie mit sich in den Tod zu reißen, wenn seine Forderungen nicht erfüllt werden.

Auf der Höhe seiner Zeit: Selbst da noch wird der Dichter etwas vollkommen Archaisches verkörpern.

Er hatte den Zustand erreicht, in dem jeder einzelne Gegenstand in seinem Namen an das Leben eine Frage richtete.

Meine Sohlen mahlen Eiskristalle
auf meinem täglichen Weg.

Aus Eis hat sich der Bach im Wald
einen Tunnel gebaut,
ein zerbrechliches Dach, unter dem
er leise vor sich hin
plappert Tag und
Nacht.

Ich bin stehengeblieben,
um zu lauschen,
meinerseits zu erstarren
mit der Zeit zu einer
durchsichtigen Säule
aus Eis.

Den Lärm einer Großbaustelle oder einer stark befahrenen Straße gleichmütig über sich ergehen zu lassen, schien ihm wesentlich leichter als das, was mit Seitenblick auf sogenannte Einschaltquoten an Musik buchstäblich aus dem Boden gestampft wurde.

Der Tod ist kein Geheimnis, eher scheint es angebracht, ihn als die Wiederherstellung des eigentlichen Normalzustandes zu betrachten. Eigentlicher Ausnahmezustand und immer von neuem erklärungsbedürftig: das Leben.

Nichts ist gewöhnlicher als der Glaube an das Außergewöhnliche, das man in der eigenen Person verkörpert sieht.

Regel Nr. 391. Den Erfolg, sofern er nicht gänzlich ausbleibt, entgegennehmen, wie eine Speise, nach der nicht verlangt worden ist, die den eigenen Ernährungsgrundsätzen widerspricht, die man einzig aus Höflichkeit nicht zurückweist.

Ist die Gebärmutter ein Magen, der sich weigert, das befruchtete Ei zu verdauen?

Der atemlose Kampf, aus dem er zwar als Verlierer hervorgehen würde, der aber immerhin dafür sorgte, daß im Grunde lächerliche Nuancen ihre Relevanz in seinen Augen nicht auf der Stelle einbüßten.

Die Beschleunigung, die alles erfaßt hat: kann darin etwas anderes gesehen werden als ein Ausdruck menschlicher Gier? Verzweifelte Gier, möglichst viele Orte zu erreichen, zu erobern, möglichst viele Güter zu besitzen, zu verbrauchen, möglichst viele *Leben* während der Dauer eines einzigen Lebens zu leben. Wenn man hinter einem derartigen Gebaren nicht Verzweiflung vermuten würde, müßte er dann nicht als pure Idiotie bezeichnet werden, dieser Wahn, die eigene Kondition hinter sich lassen zu wollen?

Wenn es rätselhaft ist, warum oder wozu ich existiere, so weiß ich doch noch viel weniger, wie ich mir mein Nichtexistieren vorstellen soll.

Wenn auf einmal ein Unbekannter derjenige ist, der in mir drin will, ist alles, was bis jetzt mein Wille war, nur noch Schmerz.

Ein plötzlich aufkommender Sturm blies überraschten Passanten Sand ins Gesicht. Während er sich die Augen rieb, stellte Wellenberg sich einen Wüstenwind vor, welcher die ganze gewinnorientierte Zone der Stadt innert Stunden in ein Sandgrab verwandelte.

Kalter, strahlend heller Tag im Februar. Auf der Holzbank vor seinem Haus in der Vorstadt sitzt ein alter Mann und singt für sich allein. Singt mit brüchiger, stellenweise sich überschlagender, doch, wie es scheint, immer noch von sich selbst begeisterter Stimme eine Operettenarie.

Einmal voll erblüht wird der Frühling nichts anderes sein, als ein Buch, das jemand irgendwo abgeschrieben hat.

Der Glaube an die Meßbarkeit von allem scheint unanfechtbar, und doch setzt sich irgendwann die Wahrheit durch, daß wir nicht wissen, wie lang eine Sekunde währt, wie lang ein Jahr und erst recht nicht ein ganzes Leben.

Wieder betrete ich das Großraumgehirn
eines erwachenden Tages,
ein zusammenhangloser Gedankensplitter,
der sich zurechtzufinden versucht
in einer dunklen Theorie,
die ringsherum plastische
Gestalt angenommen hat,
in ihrer Geologie allerdings
undurchschaubar bleibt
für einen einzelnen Zweibeiner,
der stets die gleichen Straßentäler
begeht, Hausmoränen und Palastmassive
entlang wandert und dabei
intravenös etwas murmelt,
das sich anhört wie
«meine scheuen Klaviere»
oder «meine Klaviere
scheuen».

Können Ziele der Aufklärung ohne den Umweg der Aufklärung erreicht werden, auf dem Verordnungsweg? Da die Menschen sich nicht wirklich ändern lassen, soll wenigstens die Sprache ein guter Mensch werden?

Jedesmal, wenn er etwas geschrieben hat, wie es scheint, einzig zu dem Zweck, um es dann wieder zu verwerfen, sagt sich Wellenberg, gut, ich bin wieder am Anfang. Oder tatsächlich vielleicht am Ende?

Anders als bei den Schlangen gibt es unter den Menschen, welche die Augen auf der Zunge haben, keinen, der nicht giftig wäre.

Unser größeres Ich, über welches wir keinerlei Verfügungsgewalt haben, welches ein Eigenleben führt jenseits der Logik und der Intention unserer Gedanken und Worte, welches sich uns entzieht, während wir an irgendwelchen Vorstellungen festhalten, uns an etwas verlieren, das uns verläßlich dünkt. Um faßbar zu bleiben für andere, für uns selbst, verwechseln wir uns mit etwas Begrenztem, für das wir jederzeit einen Namen haben und mal diese, mal jene Definition. Wir wollen nicht hören oder gezeigt bekommen, daß es sich um etwas eigentlich ganz Vages handelt, um das Vergängliche schlechthin, und klammern uns daran, obwohl wir im Innersten wissen, wie schnell bereits beim schwächsten Zweifel schlichtweg alles ins Wanken gerät.

Sich bewundern lassen für etwas, von dem man weiß, daß man es letztlich der eigenen Schwäche verdankt: Lage des Schriftstellers.

Im Supermarkt beobachtete er ein Individuum, das einen Sturzhelm als Einkaufskorb verwendete, wobei zum einen der Kinnriemen als Henkel diente und zum andern der Mann seinen Einkauf, bestehend aus in Plastikhüllen eingeschweißten Würsten, im Hohlraum, den üblicherweise der Kopf ausfüllte, zur Kasse trug.

Die Christen machen ihren Lärm, sagte sich Wellenberg, sie schlagen mit enormen Klöppeln um sich, daß es weit über die Felder hallt. Meine Ohren sind nie Christen gewesen. Ihr Glaubensbekenntnis: Silentium.

Selbst wenn seine Diktion einfach ist, bleibt im Gedicht undefinierbar, wer spricht.

Um nicht sich selbst verachten zu müssen, verlegt man instinktiv da oder dort sich darauf, eine Person zu bewundern, zu der man ebensoviel Abstand hält, wie derjenige, der dieselbe bloß verachtet.

Wenn ich sage, daß die Sprache sich meiner bedient, um durch mich etwas zu sagen, so meine ich dasjenige, was andere vor mir in die Sprache eingebracht haben. Worauf sich die Frage stellt, wer dann diese anderen waren, wenn nicht ihrerseits Instrumente, auf denen etwas gespielt wurde.

Kurz bevor Wellenberg erwachte, träumte ihm von der Kindheit, die er im Kreis einer vielköpfigen Familie verlebte, Familie Löwenzahn, gezacktes Blattwerk, gelbe Blüten und nach dem Verwelken Samenfäden mit silbergrauen Flugschirmchen, vom Wind überallhin verweht. Mutter, Vater, Geschwister, Großmutter, Großvater, Tanten, Onkel, alles Mitglieder dieser grünen Sippe, der er angehörte, obwohl er deutlich aus der Art schlug mit seiner zwergenhaften, menschlichen Gestalt, nicht wie die anderen einzig die langen, mit einer bitteren Milch gefüllten Stengel in die eine oder andere Richtung verbogen und sonst fest im Boden verwurzelt, vielmehr munter sich bewegend auf einer Wiese, die für ihn keine Wiese war, sondern eine halbwegs vertraute Umgebung, in der alle Einzelwesen, ohne mit ihm zu sprechen, doch in einer nahen Beziehung zu ihm standen.

Einzig das stille Gelächter des auf sich selbst Zurückgeworfenen brachte zuweilen Befreiung.

Beim Versuch, Bodenlosigkeit zu gewinnen, immer wieder aufschlagen in der Tiefe eines Abgrunds, genannt Ich.

Ein Nachdenken und Fragenstellen, welches insgeheim das Ziel verfolgte, das Bewußtsein loszuwerden. Ohne dabei das Bewußtsein zu verlieren.

Von mir selbst so weit entfernt wie von Gott.

Von allen möglichen Freiheiten zählte ganz zuletzt noch eine einzige: frei zu sein von Illusionen.

Nennen wir ihn Kalb. Ein äußerlich unauffälliger Mann, der im Stillen keinen Moment aufhört, die Vokabel Schubkarre zu repetieren. Niemand in Kalbs Umgebung ahnt das geringste von seiner lächerlichen Besessenheit. Längst hat das Wort, in beinah jeder Lebenslage zu einer Art Beschwörungsformel geworden, seine ursprüngliche Bedeutung eingebüßt. Ein Versager? Ein Genie? Schubkarre, Schubkarre, Schubkarre.

Beinah so, wie andere Leute ihr bevorzugtes Café haben mochten, in dem sie als Stammgäste begrüßt wurden, neigte Wellenberg dazu, den Friedhof Sihlfeld in der ganzen Stadt als den Ort zu betrachten, der sich für ein nachgerade professionell von ihm betriebenes, gedankenversunkenes Wandeln am besten eignete.

Der linke Fuß kennt nur noch den Drang, dem rechten
Fuß um einen Schritt voraus zu sein.
Nach dem jähen Vorpreschen seines linken
Zwillings fühlt der rechte Fuß sich seinerseits
zurückgesetzt und hebt aus dem Stand
mit gesunder Sprungkraft vom Boden
ab, um, nach schwungvollem freiem
Luftflug, mit gutem Vorsprung
auf seinen Mitbewerber in diesem imaginären
Finale entlang der Seepromenade,
sicher wieder zu landen.

Ich sehe dem Treiben der beiden eine Zeit lang zu.

Obschon ich der einzige Zuschauer bin,
erfüllt es mich mit Zufriedenheit,
dem ehrgeizigen Spiel mit ungewissem
Ausgang
von einem Logenplatz
aus beizuwohnen.

Es dürfte eine unheilbare Veranlagung sein, daß ich das, was in mir lebendig ist, nicht im allgemeinen Leben draußen gespiegelt sehe, sondern erst in einem Zufall, der mich auf eine Spur bringt: in einer ungewöhnlichen Wörterkombination, nach der lange vergeblich gesucht worden ist, rätselhafte Formel, Geheimcode, der das unter Verschluß Gehaltene unverhofft freigibt.

An jedem neuen Tag, sagte sich Wellenberg, ist es die Frage: wie beginnen, als Huhn oder als Ei. Obschon die halsbrecherische Entscheidung eigentlich bereits getroffen war, gleichzeitig beides sein zu wollen, das Ei, das auf seine Bruthenne wartete, das Huhn, das nach einem Ei suchte, auf dem es sitzenblieb.

Wenn ich mich in der Hand habe, dann am ehesten so, wie ein Buch, in dem ich die meiste Zeit mit zerstreuter Miene blättere.

In allem das Ende von allem zu sehen: schwerste

Krankheit und gleichzeitig wirksamstes Heilmittel.

Individuen, die sich als Beobachtungsobjekte geradezu anbieten, wobei ich mir die Frage nicht zu beantworten weiß, ob die minutiöse Beschreibung dieser oder jener skurril anmutender Verhaltensweise letztlich etwas anderes sei als ein abstrakter Ersatz für ein bloßes Nachäffen…

Von seinen nächsten Verwandten, den Affen, hat, wie es manchmal den Anschein macht, der Mensch sich nur entfernt, um sich einer Spezies anzugleichen, die noch weniger Zurückhaltung kennt, die hinsichtlich Aufdringlichkeit in der ganzen Natur ihresgleichen sucht: den Insekten.

Für jeden Friedhof ist seine Anwesenheit ein freudiges Ereignis, eine Belebung, ein Grund zu stillem Jubel. Wellenberg kann einen Friedhof glücklich machen, niemals einen anderen Menschen.

Gleichgültig, was für einen Stellenwert die Allgemeinheit ihm beimißt: dieses Schreiben ist mein Leben. Tatsache allerdings ist auch, daß dieses Leben mich einzig erfüllt, solange der Wille zu schreiben nicht über allem steht.

Unserer gesamten unmöglichen Anlage entsprechend, werden wir in einen Krisenzustand hineingeboren und ahnen das ganze Leben hindurch nur momentweise, wie der Normalzustand beschaffen sein könnte.

Einzig vom Sieg über mich selbst kann das Gefühl ausgehen, als wirklicher Sieger dazustehen. Ein Gefühl, das der Ungewißheit, wer da über wen gesiegt habe, über kurz oder lang wieder weichen wird.

Auf einem ausgedehnten Gang, durch ewig gleiche, immer andere Stadtteile, zufällig an einer Schule für Gehörlose vorbeigehend, versuchte sich Wellenberg vorzustellen, welche Wohltat es bedeuten müßte, unvermutet befreit zu sein vom ganzen Gequassel, Geschrei, Gekläff, Gezeter, vom Poltern, Quietschen, Hämmern, Wummern, Röhren, Hupen, Dröhnen, dem umfassenden Getöse, das einem die eigene Gereiztheit oft tagelang zu Bewußtsein brachte und von dem man sich manchmal beinah erschlagen fühlte. Wäre da nicht auch auf gewisse Annehmlichkeiten zu verzichten gewesen, Musik, Vogelgezwitscher, die Geräusche von Wind, von Regen?

Unter den lauten, oberflächlichen Menschen fällt ihm auf, daß er selber nichts anderes ist als ein lauter, oberflächlicher Mensch, aber die Art und Weise, wie er sich laut und oberflächlich gebärdet, bleibt ohne Wirkung.

Eine paradoxe Politik mit dem Ziel, die menschliche Beschränktheit auf demokratischem Weg abzuschaffen.

Wir sehen nicht unser Ende, wir sehen nicht die

Grenze von allem. Alles, was wir sehen, ist nichts, verglichen mit dem, was wir nicht sehen.

Mein Schatten: anwesender als
ich, mir ähnlicher.

Bei etwas, das nie daran gedacht hat, eine Spur
zu hinterlassen, enden
alle Anstrengungen, das Unendliche
mit mir zu versöhnen.

Man hört nur das Wasser, die äußerst verflochtene Geschichte, die der Fluß erzählt, das Rauschen der Erzählung, zahllose Einzelstimmen, die wie eine einzige Stimme vernommen werden können, weder ganze Wörter, noch Silben, nicht einmal Vokale und Konsonanten sind auseinanderzuhalten, alles fließt ineinander über, ein rasend chaotisches Durcheinandersprechen, von einer vollkommen gelassenen Macht geordnet und geeint, eine vieltausendfältige Schar von Begeisterten, die alle gleichzeitig dasselbe und immer wieder dasselbe sagen wollen, sich Gehör zu verschaffen suchen jedes auf seine Weise. Es macht keinen Unterschied, ob der Zuhörer den Fluß entlang wandert oder am Ufer stehenbleibt, um konzentrierter zu lauschen. In jedem Augenblick versteht er von der Geschichte, die ihm erzählt wird, einzig, was er bereits im ersten Augenblick verstanden zu haben glaubt. Man könnte es als Nichts bezeichnen, ein Nichts, das nicht nichts ist, das nicht mehr und nicht weniger wird, das eher dazu neigt, alles zu sein, als bloß irgend etwas. Falls er morgen wiederkommt, ist inzwischen die Geschichte weitererzählt worden, ohne daß er das Gefühl haben muß, Entscheidendes verpaßt zu haben. Er ist sogleich wieder mittendrin, die Geschichte nimmt ihn auf und trägt ihn fort, ohne mitzureißen. Das wird nie anders sein, nicht einmal, wenn er in hundert Jahren noch am selben Ort am Ufer steht. Die Geschichte, um keinen Tag gealtert, wird sein Ohr erfrischen, als wäre sie dieser Sekunde entsprungen mit ihrer Botschaft, die er, kaum daß er etwas davon verstanden hat, schon nicht mehr versteht, die er versteht allein, solang er sie nicht ganz versteht, nicht mehr und nicht weniger als eben jetzt.

Latenter Irrsinn, der mich davon abhält, einen Roman zu schreiben. Nie könnte ich mich damit zufriedengeben, die Geschichte eines Mannes zu erzählen, der in einem Flugzeug sitzt, das von Frankfurt nach Sydney fliegt, denn, während ich die Geschichte erzählte, würde es sich für mich als unmöglich erweisen, von den unterschiedlichen und zweifellos nicht weniger interessanten Geschichten der übrigen im Flugzeug anwesenden Passagiere abzusehen, die Geschichte des Piloten einfach außer acht zu lassen, diejenige des Kopiloten und des gesamten Bord- und Bodenpersonals. Mein übersteigertes Interesse würde sich bald sogar mit der Geschichte der einzelnen Gepäckstücke, die im Frachtraum der Flugmaschine gestapelt sind, zu beschäftigen beginnen. Alle diese Geschichten und zahllose andere, die irgendwie mit ihnen verknüpft sind, habe ich nicht einfach auf Lager. Vielmehr müßte ich mir jede einzeln einfallen lassen und mir den Kopf darüber zerbrechen, nach welchem komplizierten Plan sie miteinander zusammenhängen. Mein Mann würde in Sydney nie ankommen. Wir würden nie erfahren, was er dort gewollt hat. Seine Geschichte würde sich im Unendlichen verlieren, bevor sie überhaupt wirklich angefangen hat, uns für sich einzunehmen. Es waren Gedanken dieser Art, die den Journalisten O. beschäftigten, während einzelne Passagiere schon anfingen, ihre Plätze zu verlassen. Noch war die Maschine auf der Rollbahn nicht zum Stillstand gekommen. Verschiedene Gründe hätten ihn von dieser Reise beinah abgehalten: Zunächst eine fast panische Abneigung dagegen, stundenlang in einem abgeschlossenen Raum die Körpernähe fremder Individuen aushalten zu müssen. Zweitens die vollkommene Bedeutungsleere, die er mit dem Namen Sydney verband. Und schließlich der fehlende Ehrgeiz, durch dergleichen in seinen Augen übertrieben dramatische Perspektivwechsel seinen Horizont zu erweitern, solange dafür keine berufliche Notwendigkeit bestand. Seit er vor zweieinhalb Monaten die Stelle bei der Zeitung verloren, für die er fast ein Jahrzehnt gearbeitet hatte und die gleichzeitig drei weitere Kollegen hatte entlassen müssen, ließ ihn der Gedanke nicht mehr los, keine neue Position anzustreben, sondern endlich anzufangen zu *schreiben*. In der Ankunftshalle dann das übliche Empfangskomitee, das sich aus den unterschiedlichsten Leuten zusammensetzte, die alle darauf warteten, jemanden durch die große, automatisch bewegte Glastüre treten zu sehen. Es dauerte einige verwirrende Augenblicke, bis er U. in dem Gedränge entdeckte. Man kannte sich seit fast drei Jahrzehnten, vom Gymnasium her, das sie gemeinsam besucht hatten, jeder in einer anderen Klasse. U. hatte hinterher in Köln das Konservatorium absolviert, während O. die Studienzeit an der Freien Universität verbrachte. Man hatte sich nicht mehr oft gesehen. Zwei, dreimal im Jahr. Dann war U. nach Australien ausgewandert.

Seit Jahren verdiente er einen Teil seines Geldes in einem Museum, in dem die Zeit für ihn nicht selten stillzustehen schien. Gewöhnlich saß er hier an einem Pult, vertieft in irgendeine Lektüre, während um ihn herum, unter seiner diskreten Aufmerksamkeit, seine Herde friedlich weidete. Seine Herde, bestehend aus Besuchern, die kamen und gingen, die aufgrund ihres der Umgebung angepaßten einförmigen Benehmens jedoch auswechselbar erschienen, als ob es immer die gleichen gewesen wären. Dann und wann ein Rundgang durch die Ausstellung, um seine Wachsamkeit nicht in Vergessenheit geraten zu lassen und gewissermaßen die Schäfchen zu zählen.

Hätte man sich von allen Illusionen befreit, wäre man nicht mehr einsam, unter keinen Umständen.

Wer auf eine schwierige Kindheit oder Jugend zurückblickt, hat den entscheidenden Vorteil, gefeit zu sein gegen die Illusion, daß dieses Menschenleben, um welches die Menschheit vermehrt worden ist, jemals etwas anderes darstellen könnte als eine gut sichtbare Zielscheibe für jede Form der Mißgunst.

Jede Gewohnheit, egal worin sie bestehen mag, bekommt etwas Lächerliches, sobald ich mich mit der Erklärung, daß es sich um eine Gewohnheit handelt, nicht mehr zufriedengeben kann.

Was ich nicht mühelos erreiche, darum bemühe ich mich umsonst.

Nachdem der Mann beim Eingang zum jüdischen Gemeindehaus zunächst einen Blick auf die Überwachungskamera geworfen und anschließend die Klingel gedrückt hat, tönt es aus dem Lautsprecher der Gegensprechanlage: Wohin wollen Sie? Antwort: Ins Restaurant. Die Stimme: Haben Sie einen Ausweis? – Nein, ich habe Hunger.

Wer sich nur noch auf sein Gehör konzentriert, ist vom Wahnsinn nicht mehr weit entfernt. Selbst in der ruhigsten Umgebung glaubt man sich verfolgt vom Lärm. Eine Störquelle versucht die andere zu übertönen. Jeder Moment der Stille wird sogleich vernichtet, weil wieder irgend etwas, irgend jemand irgendwo Krach macht. Der Einzelne, der sich diesen Einflüssen pausenlos unterworfen weiß, tappt durch ein Halbdunkel. Er sieht, ohne zu sehen. Er weiß, wohin er geht, aber nicht warum. Da, wo er hinkommt, ist es nicht anders als da, von wo er loszog. Überall Lärm, die ganze Welt nichts als ein ständiger Unruheherd, ein einziges Gepolter und Gedröhn, und keiner außer ihm scheint diese unerträglichen Immissionen zu registrieren, geschweige denn darunter zu leiden, im Gegenteil, alle beteiligen sich daran und sind sogar froh darum. Der Lärm ist für sie kein Lärm, sondern Ausdruck der Lebendigkeit, des Tätigseins, der Gemeinschaft. Er aber scheint diese Gemeinschaft längst hinter sich gelassen zu haben und wäre damit womöglich zufrieden, wenn nicht ihr Lärm ihn allenthalben verfolgen würde.

Am Morgen des Tages, der im Fernsehen als der siebente Kriegstag bezeichnet worden war, entstieg einem am Waldrand geparkten weinroten Opel Omega eine übergewichtige weibliche Person, die drei Hunde losließ und im Nu anhob, ihre Lieblinge, Kreaturen, die den undenkbarsten Kreuzungen entsprungen zu sein schienen, in einem fort herumzukommandieren, daß es nur so durch den Wald gellte, während er sich vorzustellen versuchte, wie groß die Meute hätte sein müssen, damit es der Frau möglich geworden wäre, ihre angestaute Bitterkeit loszuwerden, anstatt sich an drei erbärmlichen gestauchten Kötern vergeblich abzureagieren.

Wer nicht ausstirbt, wird frecher und fetter.

Welt der Gewinner
und Verlierer unter dem Himmel,
der ein aufleuchtender und wieder
erlöschender Buchstabe ist:
als kehrtest du von einem Aufenthalt
in der Wüste zurück, als begegnete dir
in jedem Blick eines Passanten die Aufforderung,
den Sand zu erklären, der an dir haften
geblieben ist, den unsichtbaren
Staub, der nicht weniger einer Erklärung
bedarf in dieser Welt, in der
die Verhüllten die Nackten sind
und die Toten ihre Opfer suchen
unter den Ungeborenen.

Um seinem Publikum und nicht zuletzt sich selbst eine umständliche Einführung zu ersparen, machte er zu Beginn einer Lesung, Szenerie eines nächtlichen Traumes, die Damen und Herren mit dem Motto des Buches, aus dem vorgetragen werden sollte, vertraut. Dem ominösen von ihm verfaßten Werk war kein Leitsatz, sondern einfach die grafische Abbildung der leeren Doppelseite eines Buches vorangestellt. Mehr nach Art eines Lehrers im Klassenzimmer schritt Wellenberg durch die Reihen der Zuhörer. Während hier allmählich darauf gedrängt wurde, den Autor zu hören, hielt dieser offenbar zunächst, als eine Art Wink, der an Deutlichkeit kaum zu überbieten war, den Hinweis auf Blätter, die mit unumstößlicher Gewißheit für alle Zeiten unbeschrieben bleiben werden, für unerläßlich.

Das Nichtstun ist wesentliche Voraussetzung für mein Schreiben, tagelanges müßiggängerisches, isoliertes Ausharren im Schweigen, bis zur scheinbar endgültigen Orientierungslosigkeit, als ob es das Ziel wäre, nicht mehr zu wissen, wer ich bin und in welcher Umgebung ich mich befinde. Das sonst im bewußten Leben nie vollständig zu erlangende Vergessen ist, wenn der erste Satz sich

einstellt, unverhofft da. Mein ganzes Wesen konzentriert sich nun auf einen bestimmten Rhythmus, auf eine Tonart, eine Farbschattierung, die alles übrige für Momente in den Hintergrund drängt, um es dann in frischer Deutlichkeit als verlorengegangene Vielstimmigkeit, die ursprünglich überall zu finden war, wieder in Erscheinung treten zu lassen. Die Dinge befinden sich noch einmal in dem namenlosen Zustand, der herrschte, bevor jede Einzelheit in der festgelegten Ordnung der Sprache den ihr zugewiesenen Platz innehatte. Die Sprache selbst wird gerade neu erfunden, aus diesem Augenblick heraus geboren, allein für diesen Augenblick gültig und ihrerseits diesem Augenblick Gültigkeit verleihend.

Der Tod ist das Ende des Sterbens in jedem einzelnen Augenblick unseres Lebens.

In offene Wunden hinein gebaute Häuser. Zur Miete wohnen im Schmerz. Wochen vergingen. Kühleres Wetter. Ein Gang in die Außenwelt nötigte erneut zum Tragen eines Mantels und

einer Mütze, Kleidungsstücke, gegen die der Körper sich zunächst sträubte.

All jenen gehört das Leben, die im Bewußtsein existieren, für einen winzigen Teil der Welt wenigstens eine segensreiche Erscheinung zu verkörpern. Die Tatsache, daß er diesen Zustand niemals im entferntesten erlangen konnte, war eine ausreichende Gewißheit, um seinem Dasein jederzeit die Berechtigung abzusprechen, ihn als Nutznießer zu entlarven, sein parasitäres, undankbares, hochstaplerisches Wesen offenzulegen.

Innere Anspannung bis in die Zahnwurzeln, Angst vor plötzlichem Zahnausfall.

Wenn etwas an der fatalerweise bloß zur Hälfte im Geist von ihm aufgegebenen Tätigkeit ihn weiterhin am Leben hielt, so war es der niemals zum Erliegen kommende Drang, etwas zu verkörpern, was in seiner Vorstellungswelt das leuchtende Gegenteil eines Erzählers hieß, mit anderen

Worten die Herausforderung, die ganze Verwicklung, in der man sich befand, nicht weit ausholend zu schildern, sondern in einer einzigen lapidaren, schwer zu deutenden Geste anzutippen.

Nichts war ihm verheißen worden, nichts zwang ihn, hier und jetzt in diese oder jene Richtung sich zu entscheiden, niemand wartete irgendwo auf sein Erscheinen, seinen Anruf. Wellenberg traf kaum noch Verabredungen. Er fürchtete die Leere nicht, das Schweigen trieb nicht zur Panik. Seine Unfähigkeit war wie eine Bestätigung, daß er sich nicht untreu geworden war. Er hatte im wesentlichen nichts getan, nichts gesagt, das Tun der anderen, ihre Worte waren ein einziges Mißverständnis.

Der Boden, dachte Wellenberg, auf dem ich gegenwärtig handle, als sogenanntes Subjekt. Entweder hat das Subjekt sich den Boden mit Gewalt angeeignet oder er ist dem Subjekt von anderen Subjekten in irgendeiner Vergangenheit gewaltsam bereitet worden. Jedenfalls gründet Handeln auf Besitz und verfolgt das Ziel, Besitz zu erwerben oder zu vermehren. Handeln und Besitzen bedingen sich gegenseitig. Um handeln zu können, muß ich besitzen, und sei es nur mich selbst. Mit meiner, wie es scheint, angeborenen Mühe, Dinge als meine Besitztümer zu betrachten, und erst recht, wenn ich sogar da, wo von meinem eigenen Ich die Rede ist, den Tatbestand des Selbstbetrugs erfüllt sehe, wie sollte ich überhaupt fähig sein zu einem Handeln, durch welches sich das funktionierende Menschenwesen ganz selbstverständlich zu erkennen gibt?

Ein gewöhnlicher Morgen, Ende April. Eine Betonmischmaschine wird in Bewegung gesetzt und arbeitet und dreht sich für einen alleinstehenden Nichtraucher, der irgendwo wartet und von sich behauptet, eine seriöse Einzelperson zu sein.

An einem Tag, an dem er sich erfolglos abmühte, gelang es Wellenberg oft nicht einmal, in dem am Vortag Geschriebenen sich wiederzufinden. Mit jedem weiteren Tag ohne Ausbeute nahm die Entfernung zu, bis ein Abgrund ihn von sich selber zu trennen schien. Das Wunder, das dann nötig war. Das Wunder, das ihn an seine Möglichkeiten wieder glauben ließ. Während er sich durch den Tag träumte und sich alle Augenblicke seine Nutzlosigkeit ins Bewußtsein rief, wurde rundherum gehämmert, gehetzt und gejagt, geplant, gearbeitet. Nachdem die endlosen Feiertage nun überstanden waren, hatte die Raserei, genannt Alltag, von neuem eingesetzt. Das wahnsinnige Treiben, im ersten Moment geradezu erschrekkend, erregte seinen Überdruß, bis er abermals die Gelassenheit reifen fühlte, die Dinge an sich vorbeiziehen zu lassen, mit dem einzigen Ehrgeiz, zu allem die nötige Distanz zu wahren.

Nichts erhoffen, nichts fürchten. Scheinbar simple Formel für Glück. Manchmal allerdings auch bloß für Langeweile…

Unten in der Ebene kocht
die Stadt.

Im Park auf der Anhöhe
klopft ein Specht.

Die Löwenzahnwiese flüstert:
Bitte nicht betreten.

Auf dem staubigen Pflaster Spuren
von nassen Hundepfoten.

Ein großer Wohnblock sieht aus wie
eine Familienpackung Schlaf.

Seit Tagen waren Ackerflächen, Wiesen und Wälder von einer rauhen weißen Frostschicht überwuchert und im tiefsten Nebel untergetaucht. Auf einem Morgenspaziergang in der Umgebung des Ortes Eschikon drang, durch den sich nicht mehr auflösenden Nebel hindurch, aus der Stille eines entfernten Wäldchens unvermutet das Splittern und Krachen eines anscheinend ohne menschliche Einwirkung gefällten Baumes herüber, eine Abfolge von Geräuschen, die zuerst irgendwie erbärmlich und ohnmächtig sich anhörten, hoffnungslos ächzendes Knarren und Knacken des jahrzehntealten Stammes, dessen Widerstand unwiderruflich gebrochen wurde, und dann nach kurzem, aber entschlossenem Crescendo etwas Entspanntes annahmen, bevor mit dem herben dumpfen Aufschlagen am Boden, dem nichts als das Schweigen der in Eis erstarrten Landschaft antwortete, so etwas wie endgültige Erlösung akustisch auf den Punkt gebracht zu werden schien.

Wer schweigen kann, braucht keine Drogen, pflegt Kalb zu seinen Schülern zu sagen. Ein Lehrer mit ungewöhnlichen Unterrichtsmethoden, in einer Art und Weise, daß nach geraumer Zeit

Beschwerden sich häufen. Neben dem für die höhere Gymnasialstufe hergebrachten Lehrstoff geht es seiner Ansicht nach um ein Wissen, das einzig über besondere Wege zu vermitteln ist. Beispielsweise macht Lehrer Kalb mit der Klasse ausgedehnte Spaziergänge, bei denen kein Wort gesprochen werden darf. Wer das Schweigen bricht, muß auf der Stelle umkehren. Einzige Ausnahme: zwischendurch werden vom Lehrer oder einem eigens bestimmten Schüler Gedichte, Aphorismen, ausgewählte Sätze oder Gedanken rezitiert. Ohne Kommentar. Die Schüler lernen auf diese Weise, was das Wort, in anderem Sinn verstanden, darstellt, nichts nach Belieben Abrufbares, daß es einzig vor dem Hintergrund des Schweigens zu wirken beginnt und daß ein Bewußtwerden dieser Umstände menschliches Sprechen überhaupt erst in ein richtiges Licht rückt. Nicht auszuschließen, daß nach einiger Zeit einzelne sich fragen, ob das Leben als solches einen Wert hat, ob nicht unweigerlich etwas Sinnloses daraus wird, wenn die Aufmerksamkeit nachläßt, und ob etwa nicht bloß derjenige, der sein eigenes oder fremdes Leben wegwirft, eine respektlose Haltung verrät, sondern gleichermaßen derjenige, der Leben unter jeder Bedingung als etwas Erhaltenswertes erachtet. Empörte Eltern und Kollegen zeigen sich verständnislos und strengen ein Verfahren gegen den Lehrer an, mit dem Ergebnis, daß Kalb entlassen wird und keine neue Stelle mehr findet.

Museumswärter, Nachttelefonist, Hilfsgärtner, Hausmeister. Anspruchslose Tätigkeiten, Bewachungsaufgaben, Verrichtungen, die mehr oder weniger mechanisch vor sich gehen, so daß der Geist entweder Urlaub nimmt oder, in anderer Umgebung, weiter in den gewohnten Gefilden herumschwirrt. Immer wieder verdiente er sich das Leben mit unqualifizierten Arbeiten, gelegentliche Einsätze, die ihn den tagelangen, nutzlosen Nachforschungen zwischendurch stundenweise ein wenig entzogen, ohne daß der schwerwiegende Hang zum Nichtstun eine wesentliche Beeinträchtigung erfuhr.

In mindestens einer Hinsicht kann auch die Kunst als eine *exakte Wissenschaft* bezeichnet werden, insofern nämlich ohne ein exaktes Arbeiten mit verschiedenen Formen der Unschärfe hier nichts möglich scheint.

Ich versuche mir vorzustellen, was für ein Gefühl es wäre, auf dem Führersitz einer städtischen Straßenreinigungsmaschine meine Tage zu verbringen, als Fahrer eines der etwas plump wirkenden Vehikel, die sich im flotten Schrittempo bewegen und dabei mit mehreren großen, sich mechanisch je um eine Achse drehenden Bürsten den Asphalt fegen, für die anderen Verkehrsteilnehmer ein Hindernis, über das sich zu beschweren allerdings niemandem einfallen dürfte. In der Tat vermag ich mir keine idealere Besetzung für diese Aufgabe zu denken, deren Eintönigkeit, um nicht zu sagen Einfältigkeit, mitnichten mich davon abhalten könnte, sie mit ganzer Hingabe zu erfüllen, zumal feststeht, daß von der Vorstellung beispielsweise, Captain eines veritablen Passagierflugzeuges zu sein, nicht der mindeste Reiz für mich ausgeht. Welch ein Abenteuer dagegen, Tag für Tag im Kriechgang unterwegs, einsam auf der Straße, was für eine unbestrittene Hoheit im gemächlichsten aller Fahrzeuge, im Cockpit einer ordinären kleinen Maschine, mit der man den Auftrag erledigt, in der ganzen Stadt eine unsichtbare Spur zu hinterlassen, die ausschließlich als Resultat der gelöschten Spuren anderer zustande kommt.

Sofort nach der Niederschrift erkannte er schlagartig, daß ein Satz, scheinbar soeben von ihm erdacht, gar nicht wirklich von ihm stammte. Ein Zitat? Er blieb unschlüssig, doch was hatte das zu bedeuten. Mich um die Herkunft meiner Sätze kümmern? Freiwillig als eine Art Kontroll- und Integrationsbehörde für verbale Eingebungen auftreten? Obwohl an Umständen oder Sachverhalten, die den Schreibfluß hemmen, alles andere als Mangel herrscht?

Mehrmals täglich wurde der kleine Ort, an den er sich abgesetzt hatte, etwa fünfzehn Kilometer von der Stadtgrenze entfernt, von Überschalljägern überflogen, die von einer nahegelegenen Militärbasis starteten und den Himmel wie ein Stück Pappe in Fetzen zu reißen schienen.

Ich habe den Tag in meinen vier Wänden verbracht, wobei ich von meinem bequemen Sessel selten einmal aufstand, um ein wenig im Raum hin und her zu gehen und zwischendurch einen Blick durch das Fenster zu werfen, wo nicht viel zu sehen war außer dem Hund, der wie stets am

Zaun des benachbarten Grundstückes lauerte und jeden, der hier vorbeikam, gnadenlos verbellte. Irgendwo in der Nähe, es war nicht zu sehen, aber ein dumpfes, in unregelmäßigen Abständen zu hörendes Krachen verriet es, wurde eine Baumulde gefüllt, ein Wohngebäude, renovationsbedürftig, das von Termiten mit gelben Helmen vollständig ausgehöhlt, um nicht zu sagen skelettiert wurde. An einem derart ans pure Nichts verschwendeten Tag schwanke ich gewöhnlich zwischen zwei entgegengesetzten Gemütsverfassungen: ich habe entweder das Gefühl, nicht herauszufinden aus dem Gefängnis, das ich für mich selbst darstelle oder ich freue mich, dem Gefängnis endgültig entronnen zu sein, das die anderen für mich bedeuten.

Wenn sein Dasein in der bewegten Welt irgendwo sich abzeichnete, wenn Wellenberg beispielsweise, was selten genug vorkam, irgendwo irgend jemandem vorgestellt wurde, glaubte er dafür sorgen zu müssen, daß sein Gegenüber nicht etwa über ihn hinweg, vielmehr durch ihn hindurch blicken konnte. Im übrigen war kaum zu verhindern, daß in der von ihm angestrebten idealen Ereignislosigkeit er für sich selber zu einem Ereignis wurde. Dieses Ereignis, an sich bedeutungslos, erhielt dadurch, daß man es verhältnismäßig in die Länge gezogen sah, eine Schwere, die mit Bedeutsamkeit fälschlicherweise verwechselt werden konnte.

Ich könnte Ihnen zum Beispiel erzählen, wo die Falken ihr Nest haben, sagte er. (Oben auf dem Kran, da wo die Betongewichte befestigt waren. In der Abenddämmerung, wenn er in der Umgebung der Baustelle spazierte, konnte er die Schreie der Jungen hören.) Die Journalistin, zu einem Interview mit ihm aus dem Nichts aufgetaucht, sah ihn ungläubig an.

Beim Passieren der Bahnhofshalle
registriert:
meine
Entschlossenheit.

Die gute Laune
heute nicht
den Plakatwänden überlassen.

Keine gesperrte Straße sein.

Es ist mehr als Entschlossenheit.
Heute gehört die Stadt
diesem Mann in seinem
grauen Anzug.

Einen Roman schreiben: von einem rein künstlerischen Standpunkt her gesehen das Unanständige schlechthin.

Was für ein altmodisches Wort: Geist. Geist ist Mangel, Bedürfnis, das einzig der Geist selbst zu stillen vermag. Geist haben bedeutet: Verlangen haben nach dem Verlangen, nicht (um das Verlangen mundtot zu machen) nach irgend etwas.

Überall werden Menschen schrittweise durch Maschinen ersetzt. Landschaften entvölkern sich, die großen Zentren explodieren. Wüstengebiete nehmen überhand, Gletscher schmelzen, der Meeresspiegel steigt, letzte Wälder werden abgeholzt, Tiere und Pflanzen sterben aus. Die Zahl der überflüssig gewordenen Menschen auf der anderen Seite nimmt zu, und je überflüssiger Menschen sich vorkommen, desto stärker scheint deren Bedürfnis zu werden, immer näher zusammenzurücken. Da, wo viele überflüssig sind, brauche, als Einzelner, ich mich nicht überflüssig zu fühlen, weil ich nicht überflüssiger bin als andere. Ein Komparativ, der Illusionen nährt. Das Paradoxe an dieser Entwicklung: die Überflüssigen bilden irgendwann die Mehrheit. Das Überflüssigsein wird zur Conditio und letztlich das neutrale In-der-Welt-Sein, das so oder so gedeutet werden kann, ablösen. Der von einer poetischen Sicht der Dinge Besessene, der sich mit dem, was er ist und tut, seit langem als Niemand vorkommen muß in dieser Welt, der dazu übergegangen ist, aus der eigenen Funktionslosigkeit eine Art Kult zu machen, scheint unfreiwillig, als Muster oder Metapher für die ganze Menschheit, eine gewisse Vorreiterrolle zu spielen oder jedenfalls etwas zu thematisieren, was die wenigsten wahrhaben wollen und was dennoch für die meisten fast schon zu einem natürlichen Zustand geworden ist.

Trotz regelmäßig wiederkehrenden Überdrusses an seiner Tätigkeit und an seiner ganzen mit dieser Tätigkeit unlösbar zusammenhängenden Existenz, kam er keinen Moment lang wirklich davon los.

Der Schmetterlingsammler, dachte Wellenberg, der im Hochgebirge auf der Jagd nach einem besonders raren Exemplar in einen Abgrund stürzt und im Fallen, kurz bevor er aufschlägt und dabei den Tod findet, plötzlich einsieht, daß die uneingestandene Hoffnung auf einen solchen Absturz ihn bei seiner seltsamen Leidenschaft weit mehr beflügelte als die bunte Pracht der schwerelos flatternden Beuteobjekte.

Einzige Rechtfertigung für alles, was er tat, respektive nicht tat, für alles, was er war, besser gesagt, nicht war: daß sich daraus unter Umständen irgendwann *Literatur* machen ließ.

Es ist nicht einfach die Tatsache, daß er aus hundert Metern freier Höhe auf mich herabblickt, was dem mit ausgebreiteten Schwingen dahintreibenden Milan seine unvergleichliche Überlegenheit verleiht, vielmehr die Unmöglichkeit meinerseits, mir vorzustellen, daß sein Denken, wofern ein solches in irgendeiner Form bei ihm angenommen werden dürfte, sich überhaupt jemals zu derartigen Vergleichen herablassen könnte.

Sogar das Universum, das ich mir ohne mich vorstelle, existiert nicht ohne mich.

Der ganze von uns wahrgenommene Kosmos ist lediglich eine Anmerkung zu einem Text, den wir nicht kennen, der uns vorenthalten wird. Wir versuchen von der Anmerkung auf das Verschwiegene, den eigentlichen Text zu schließen. Daß wir dabei scheitern, ist vollkommen natürlich. Alle unsere Äußerungen sind wiederum Anmerkungen zu eben der Anmerkung, als welche wir die Welt auffassen. Anmerkungen sind, da nicht zum Textkörper gehörig, grundsätzlich überflüssig. Würden wir allerdings zu erklären versuchen, warum das, was überflüssig ist, dennoch existieren muß, hätte es aufgehört, überflüssig zu sein, und verlöre so sein eigentliches Existenzrecht, das gerade darin besteht, überflüssig zu sein.

Die Lust an der Sprache folgt aus der Lust an Dingen und Wesen und strahlt auf diese zurück. Es ist ein Überfluß an Lust, der sich in die Wörter ergießt. Wo es sich andererseits um eine Ersatzliebe handelt, um einen bloßen Trost, um eine

Flucht aus Verzweiflung, endet das Ganze selbst in nichts als Trostlosigkeit.

Experiment: Das Versuchstier (Ratte) wird in einer schuhkartongroßen Holzkiste festgesetzt. Mit ihren grauenhaften Zähnen wird die Ratte sich aus der Kiste befreien, während unterdessen über die Holzkiste die zweite, etwas größere Kiste gestülpt worden ist. Zwischen erster und zweiter Kiste soll gerade soviel Zwischenraum sein, daß das Tier sich hier bewegen kann. Abermals wird es sich befreien, um sich dann in einer weiteren Kiste von neuem gefangen zu finden. Zielsetzung: Mit dem Versuch, der solange fortgesetzt wird, bis die Ratte aufgibt, soll die Frage geklärt werden, ob das Tier seine Befreiungsversuche bis zur totalen Erschöpfung fortführt oder ob in einem bestimmten Moment instinktiv eine Art Desillusionierung einsetzt.

Geld war seiner Auffassung gemäß fast immer lästig. Wenn man es hatte, war es lästig. Wenn man es nicht hatte, war es lästig. Einzig wenn man es ausgab, hörte es augenblicklang auf, lästig zu sein.

Irgendwelche Produkte unter die Leute zu bringen, war vor nicht allzu langer Zeit eine Tätigkeit, die demjenigen, der sich ihr verschrieb, kein besonderes Ansehen einbrachte. Heute, wo kaum noch jemand irgend etwas selbst produziert und fast jeder alles hat, sind nicht nur nahezu alle damit beschäftigt, möglichst vielen etwas anzudrehen, vielmehr gilt es sogar als überaus vorteilhaft, wenn einer, der sonst nichts abzusetzen hat, wie es heißt, sich selbst verkauft. Die Aufgabe des Verkäufers steht so hoch im Kurs, daß es inzwischen am meisten einbringt, sich zu gebärden, als hätte man etwas, was so alt ist wie die Menschheit, neu erfunden, mit anderen Worten, das Verkaufen als solches zu verkaufen.

Besuch einer Buchvernissage. Sein Freund S. stellte an einem Abend einen neuen Roman vor. Sein Auftreten hatte etwas Respekteinflößendes und war gleichzeitig ein einziger Hilferuf.

Sein größter und gleichzeitig zweifelhaftester Erfolg ist es, irgendwie überlebt zu haben als einer der Nichterfolgreichen.

Der Tag haucht sein Licht
aus.

Ein Tag, an dem es
mein Luxus war zu schweigen, aber
etwas immer noch in mir zu haben,
was nicht einmal
ich selber
mir nehmen kann.

Als ihn jemand fragte: Und was machen Sie so im Leben, antwortete Wellenberg: Ich verliere Illusionen. Was anderen Leuten im Verlauf der Jahre einfach passierte, hatte er zu seinem Beruf gemacht, obschon (oder gerade weil) die Illusionen, die mit letzterem zusammenhingen, relativ früh wieder aufgegeben worden waren.

Meine Texte bestehen einzig aus Blößen, teils notdürftig verdeckt, überwiegend jedoch offen gezeigt.

Das Verlangen danach, zu sein, ist das eigentliche Sein. Während das Verlangen danach, nicht zu sein, fast gleichbedeutend ist mit dem Zweifel, ob ich denn tatsächlich sei.

Je kürzer die Texte, desto länger die Umwege, die gegangen werden müssen, um überhaupt noch etwas zu Papier zu bringen. Nebenprodukte von Nebenprodukten. Und die eigentliche, nicht formulierbare Kernaussage... das Schweigen?

Wer für ein Publikum schreibt, macht sich selbst überflüssig. Das Publikum hat alles. Man kann dem Publikum höchstens etwas geben, indem man ihm etwas wegnimmt, indem man ihm alles wegnimmt, wenigstens für einen Augenblick.

Ich habe jahrzehntelang einzig meine Nutzlosigkeit beschrieben, mit anderen Worten, meiner Nutzlosigkeit eine weitere hinzugefügt. Die von Anfang an vorhandene Erkenntnis meiner Unverwendbarkeit hat mich nicht dazu gebracht, mich von derselben loszusagen oder sie zu bekämpfen, im Gegenteil, ich habe mich stets darauf konzentriert, sie in allen Facetten zu beobachten, sie im Detail kennenzulernen, zu erforschen und auszuformulieren. Vielleicht, weil es meine innerste Überzeugung war, daß der Mensch sogar als gesundes, funktionierendes Individuum, jedenfalls spätestens im Zeitalter der ihrer Vollendung zustrebenden Automatisierung, ein nutzloses Wesen darstellt. Mit größter Wahrscheinlichkeit indes ist diese die ganze Gattung betreffende Auffassung nichts als ein wenig stichhaltiges Alibi, eine verallgemeinernde Projektion der eigenen Unverbesserlichkeit.

Wenn von einem gescheiterten Schriftsteller die Rede war, dann war generell das Kriterium des Erfolges von entscheidender Bedeutung. In diesem Sinn aufgefaßt, traf die Etikettierung fraglos auf ihn zu, beschrieb aber nur ein erstes, relativ harmloses Stadium seines Versagens. Im Grunde einzig die unumgängliche Vorstufe zum wirklichen Fehlschlag, nämlich unfähig zu sein, etwas, wozu man nicht geschaffen schien, auf sich beruhen zu lassen.

Hoffnung: Das Gute ist einzig dann stärker, wenn es erkennt, daß das Böse nicht nur davon lebt, daß es ständig bekämpft wird, sondern daß es im Grund danach strebt, besiegt zu werden.

Gedichte müssen alkoholisch sein.

Sooft ich mir überlege, an welchem Punkt ich gerade angelangt sei in meinem Leben, drängt sich mir eine andere Frage dazwischen. Was für einen Platz beansprucht mein Leben im Leben meiner

Umgebung? Ich verursache keine nennenswerten Probleme, zumindest, wie es scheint, keine, die nicht von mir selbst gelöst werden können. Allerdings löse ich auch keine Probleme, die als Probleme der Allgemeinheit bezeichnet werden müssen, sogenannte gesellschaftliche Probleme. Für die Gesellschaft weder besonders schädlich, noch in irgendeiner Weise nützlich, neige ich dazu, mich in dieser Hinsicht als Neutrum zu betrachten. Aber besteht nicht die Gesellschaft zu einem großen Teil aus ähnlich unauffälligen, unbedeutenden, um nicht zu sagen unnötigen Individuen?

Das Prinzip des Tagebuchs beruht auf einem Paradox: du nimmst dir vor, das Versteckspiel aufzugeben, weigerst dich zugleich, es anderswo als im Verborgenen zu tun.

Ein Panamarenko, überlegte er, hat Flugzeuge gebaut, die wie richtige Flugzeuge aussehen und mit deren Hilfe doch niemals jemand den Boden verlassen wird. Ich möchte einen Roman schreiben, der überhaupt nicht wie ein richtiger Roman funktioniert, mit dem man jedoch fliegen kann.

Das widerstrebende Gefühl, mit welchem auf dem von einem fremden Gesäß vorgewärmten Stuhl Platz genommen wird, während andererseits im Verhältnis zur menschlichen Sprache der Hang zum Vorgewärmten äußerst verbreitet scheint.

Eine einzige stille Verbeugung vor dem Unsagbaren: für die einen eine lächerliche Geste, für andere eine Geste, die aufhorchen läßt.

Mich überkommt ein Schwindelgefühl ob der Möglichkeiten, die ich sehe, die sich dann aber, da nicht gleichzeitig alle zu realisieren sind, samt und sonders in Unmöglichkeiten verwandeln.

Die Art und Weise, wie ich etwas sage, macht auf sich aufmerksam, nicht um davon abzulenken, daß ich nichts zu sagen habe, vielmehr aus dem einzigen Grund, weil sie dasjenige, was gesagt wird, wesentlich ist.

Bei allem, was uns zustößt, sind wir außerstande zu beurteilen, ob es sich um ein Unglück oder um ein Glück handelt. Genauso unmöglich ist es zu entscheiden, ob Verbesserungen, die im Namen von Zivilisation und Fortschritt angestrebt werden, tatsächlich Verbesserungen sind oder, ganz im Gegenteil, Ursachen neuer, noch ungeahnter Katastrophen, die unsere Nachfahren als Katastrophen bezeichnen werden, obwohl letztendlich dann deren Folgen sich wiederum als heilsam erweisen könnten.

Auf einmal fielen ihm lauter Sätze ein, die mit *Ich habe ja noch* anfingen. Ich habe ja noch meine Vögel, dachte er, mit der einzigen Einschränkung, daß es sich nicht um seine Vögel handelte, sondern um die Vögel des Himmels vor seinem Fenster. Aber den Himmel vor seinem Fenster, den hatte er ja noch. Also waren es in gewissem Sinn auch seine Vögel, die da herumflogen, vielleicht nur, um von ihm wahrgenommen zu werden, von ihm, der sonst gern auf jedes Spektakel verzichtete, von ihm, der sich sagte, aber ich habe ja noch meine Sätze, die mit *Ich habe ja noch* anfangen.

Die Gewißheiten erreicht man nur mit den Füßen.

Antonio Porchia

Der Autor dankt der Kulturstiftung Pro Helvetia für die Förderung seiner Arbeit, der Verlag dem Präsidialdepartement der Stadt Zürich für die Produktionsförderung.

Kurt Aebli
Der ins Herz getroffene Punkt

ISBN 3-905591-87-1
2. Auflage

Basel/Weil am Rhein und Wien
Gestaltung Marcel Schmid Basel,
gesetzt aus der Garamond
Druck www.finidr.cz

http://www.engeler.de